AF130136

Mein Mann lebt immer noch

Alle Personen und Handlungen sind frei erfunden. Ähnlichkeiten von Geschehnissen oder Personen sind rein zufällig.

Andrea Barheine

Mein Mann lebt

immer noch

Roman

Bibliografische Information der Deutschen
Nationalbibliothek
Die Deutsche Nationalbibliothek verzeichnet diese
Publikation in der Deutschen Nationalbibliografie;
detaillierte bibliografische Daten sind im Internet unter
http://dnb.dnb.de abrufbar.

© 2015 Andrea Barheine
Umschlaggestaltung: © Désirée Lüderitz
Urheberrechtlich geschützt
Herstellung und Verlag: BoD - Books on Demand,
Norderstedt
ISBN: 978-3-7392-0973-9

Er liegt stumm neben mir im Bett und starrt an die Zimmerdecke. Die Sonne strahlt durchs Fenster, wenigstens wettertechnisch wird es ein schöner Tag. Ulf hat heute frei und wollte deshalb richtig lange schlafen, aber es gelingt ihm anscheinend nicht. Unser gestriger Streit lässt auch mich nicht weiterschlafen und der Gedanke daran erzürnt mich erneut. Er hingegen weiß womöglich schon gar nicht mehr, was der Auslöser des Streites war. Ich überlege, wie ich dieses Kommunikationsfasten brechen kann. Harmoniesüchtig, wie ich bin, würde ich am liebsten die Diskussion von gestern ignorieren. Über die Sonne wundere ich jetzt gewiss nicht rum; das ist mir zu blöd. Außerdem könnte er auch mal etwas sagen und klein beigeben.

Für mich läuft das Erlebte noch einmal wie im Film ab. Beim Einkauf wollte ich für Ulf Nektarinen kaufen, aber seine Mutter Britta, die, wie immer beim Shoppen in meinem Schlepptau hing, behauptete felsenfest, dass ihr Ulf-Dieter lieber Pfirsiche isst. Ich kaufte deshalb irritiert jeweils ein Kilo Pfirsiche und Nektarinen. Meine Schwiegermutter hingegen nahm für sich nur die Früchte mit der pelzigen Haut.

Nach einem Einkauf ist das Auto immer überladen, denn Britta ist sehr daran interessiert, sämtliche Industriezweige am Leben zu erhalten, von ihr selbst ganz zu schweigen. Mitte zwanzig beginnt im menschlichen Körper der Zellabbau, nur bei ihr wissen die Fettzellen nichts davon. Das Geld ist für Britta auch nicht weg, sondern nur woanders. Die Heimfahrt kam mir wie eine Ewigkeit vor. Britta sabbelte und sabbelte, sie erzählte vom gerade Geschehenen, dabei hatte ich doch alles haarklein miterlebt. Interessant war ihre Interpretation, denn ich empfand Einiges ganz anders.

Beim Hereintragen des Einkaufs in Brittas Wohnung, die direkt unter unserer liegt, stellte sie fest, dass ich versehentlich ihr die Pfirsiche gab, sie jedoch angeblich Nektarinen gekauft hätte. Es half keine Diskussion. Ich verlor den Disput, gab nach und Britta die Nektarinen. Somit hatte ich eine Menge Pfirsiche.

Dann schleppte ich das für uns Gekaufte in die Wohnung. Ulf hat von mir ein Verbot ausgesprochen bekommen, unseren Einkauf aus- oder wegzuräumen. Nichts ist danach dort, wo ich es suchen würde. Die saure Sahne finde ich dann zufällig im Schrank zwischen den Putzmitteln – damit sie dort erst richtig sauer wird – den Käse neben dem Zucker, dafür aber die Nugatcreme im Kühlschrank. Ulf entgingen die vielen Früchte nicht, er echauffierte sich darüber: »Warum hast du so viele Pfirsiche gekauft?«

»Um dir einen Gefallen zu tun«, entgegnete ich freundlich.

»Willst du mich veralbern? Du willst mir einen Gefallen tun? Das glaubst du doch selbst nicht.« »Nun krieg dich wieder ein! Ich hab es doch nur gut gemeint«, antwortete ich, seine Mutter immer noch in Schutz nehmen wollend. »Gut gemeint? Warum sagst du nicht die Wahrheit?«

»Die Wahrheit ist, dass ich für dich Nektarinen kaufte, die mir aber deine Mutter wieder aus dem Kreuz leierte. Ich bekam dafür die Pfirsiche«, wehrte ich nun doch ab und schilderte die wahre Pfirsich-Nektarinen-Mutter-Geschichte.

»Auch noch Mama vors Loch schieben. Das geht ja gar nicht. Und sag nicht immer Mutter! Also, warum kaufst du dusselige Kuh so viele davon? Du willst mich doch nur provozieren!«

»Das ist die Wahrheit!«, rechtfertigte ich mich und ignorierte vorerst die dusselige Kuh.

»Mit dir kann man keine Probleme lösen«, stellte Ulf tobsüchtig fest, und ich musste aufpassen, dass ich nicht vor Wut anfing zu heulen, wie jedes Mal, wenn ich mich so machtlos ihm gegenüber fühle. »Das ist doch wohl kein Problem!? Dein Problem ist, dass du kein Problem hast, aber aus zwei Kilo Pfirsichen kann man ja mal eins machen, und wenn hier jemand eine dusselige Kuh ist, dann ist das deine Mutter«, versuchte ich mich zu verteidigen. Er reagierte nicht weiter darauf und beachtete mich nicht mehr. Seitdem ist Funkstille.

Es ist inzwischen spät und die Sonnenstrahlen treiben mich aus dem Bett. Wortlos stehe ich auf und Ulf bleibt wortlos liegen.

Im Badezimmer vollziehe ich mein Morgenritual und höre, dass Ulf durchaus noch reden kann und noch dazu in einer lieblich erhobenen Stimmlage: »Komm runter, wir stehen auf!«

Runter ist unser sehr selten bellender Dalmatiner. Sein vollständiger Name ist »Runter vom Sofa«. Vor drei Jahren bekam ich ihn von Ulf als Versöhnungsgeschenk. Ich hatte mir schon lange einen Hund gewünscht. Zwar wollte ich lieber einen Rottweiler, aber Ulf liebt Dalmatiner. Als Kind bin ich im ganzen Rudel von Hunden aufgewachsen. Wir wohnten neben dem Tierheim und jeden Tag ging ich nach der Schule dorthin, um mit den armseligen Geschöpfen Gassi zu gehen. Dabei verliebte ich mich in jede einzelne Fellnase. Für Ulf ist inzwischen unser Hund das ultimative Ein und Alles. Seitdem sich Runter und Ulf ein Bett teilen, also auch seit drei Jahren, läuft zwischen uns fast nichts mehr im und außerhalb des Bettes. Als Ulf versuchte, den Beischlaf zu vollziehen, fiel Runter wie verrückt über uns her, sodass ich einen Lachflash bekam und Ulf beleidigt den Akt abbrach. Seither haben wir im Beisein Runters nie wieder probiert, uns zu lieben.

Während ich mir die Zähne putze, stellt sich Ulf provokant vor das Klo und pinkelt im Stehen. Mit einem kurzen Blick zu mir vergewissert er sich, dass ich es auch wahrnehme. Das ist für mich eine erneute Kriegserklärung. Ich brauche im Moment auch nichts dagegen zu sagen, denn seine Antwort lautet immer wieder: »Im Sitzen pinkeln ist unhygienisch, wenn ›er‹ dann jedes Mal im Klowasser hängt!«

Ich gehe in die Küche und beginne widerwillig das Frühstück für drei Personen zuzubereiten, denn Britta ist stetig beim Frühstück dabei, an Ulfs freien Tagen sogar zu allen Mahlzeiten. Am liebsten würde ich mir nur eine Tasse Kaffee kochen, um mich damit in mein Büro zu setzen und zu arbeiten. Aber ich benötige Frieden, stelle drei Tassen bereit und will die Kaffeepads aus der Dose nehmen. Ulf kommt in die Küche und drängelt mich zur Seite, um selbst an die Pads zu kommen. Fragend schaue ich ihn an, was das soll, und wie vom Blitz getroffen, zieht er seine Hand zurück und sagt: »Ach ja, mach das man lieber allein, sonst sagst du nachher wieder, ich würde dich bevormunden.«

»Was hat das damit zu tun?« Er ignoriert die Frage, dreht sich um und geht aus der Küche. Spinnt der jetzt völlig? Ich hole zweimal tief Luft, ein, aus, ein, aus, doch es kommt nicht die erhoffte Entspannung, so wie ich es gelernt und schon oft geübt habe, sondern meine Wut potenziert sich. Zornig werfe ich die Tassen auf die blanken Bodenfliesen. Liebend gern würde ich den ganzen Küchenschrank ausräumen, um sämtliches Geschirr auf den Fußboden zu donnern. In Gedanken sehe ich allerdings das Chaos und den folgenden Scherbenhaufen vor mir, deshalb lasse ich es. Aus der Stube höre ich: »Hat ›Frau Tollpatsch‹ wieder was in die Brüche gehen lassen?« Was bildet der sich eigentlich ein, mich »Frau Tollpatsch« zu nennen? Wenn ich »Herr Tollpatsch« zu ihm sage, hat das seine Berechtigung, aber ich habe eben mit voller Absicht Scherben gemacht, die ich nun schnell wegfege, damit sich Runter nicht verletzt. Ich drehe mich im Kreis, renne in mein Büro und frage mich, was ich nun hier ohne Kaffee soll. Ich halte es in der Wohnung nicht mehr aus. Ich muss weg! Ich muss raus! Und zwar sofort. Runter steht erwartungsvoll und schwanzwedelnd neben mir. »Du bleibst hier. Ich geh nicht mit dir runter, Runter.«

Und als ob er es wortwörtlich versteht, wird das Wedeln seiner Rute langsamer. Wie ein begossener Pudel legt er sich hin und gibt einen leisen wimmernden Ton von sich. Eigentlich könnte ich ihn gleich mitnehmen, aber das mache ich nicht mehr, weil Ulf meint, selbst dafür sei ich zu doof. Der Hund könne bei mir machen, was er wolle, und wenn er beim nächsten Gassi gehen bei Ulf umhertollt, bin ich schuld daran.

Ich schnappe meine Handtasche, mit der ich spontan das Land verlassen könnte, und verschwinde aus der Wohnung. Ulf geht seiner Lieblingsbeschäftigung nach und sitzt am Computer, um einen neuen Spielrekord aufzustellen. Ursprünglicherweise wurde der Computer einmal entwickelt, um Zeit zu sparen, heute geschieht das Gegenteil.

Ich gehe vorerst völlig planlos. Nach rascher Abwägung, wo ich meinen heiß geliebten Morgenkaffee bekommen könnte, ziehe ich kurzzeitig in Erwägung, mit dem Bus zu meiner Freundin Gaby zu fahren, und überlege deshalb, welcher Wochentag heute ist. Mittwoch.

Gaby hat keine weitere Verbündete als mich und darum bin ich für sie auch die allerbeste Freundin. Mit ihren Macken kann vermutlich keiner umgehen. Sie hat ein großes Haus in Ordnung zu halten und nimmt ihren hausfraulichen Beruf sehr ernst. Montags putzt sie die Fenster. Jeden Montag in einer anderen Etage, jeden Dienstag ist Waschtag und mittwochs bezieht sie die Betten. Am ersten und dritten Mittwoch des Monats bezieht Gaby die Betten der Kinder und am zweiten und vierten die Ehebetten. Wenn ich jetzt bei ihr unverhofft vor der Tür stehe, wäre ich zwar herzlich willkommen, aber sie würde sich nicht von ihrer Beschäftigung abbringen lassen. Ich müsste mit ihr ins Schlafzimmer kommen und nebenbei könnten wir plaudern. Auf Bettenbeziehen habe ich keine Lust, deshalb verwerfe ich ganz schnell diesen Gedanken und entscheide mich für das Café um die Ecke. Dieses einzige Café in unserem kleinen Ort Hupfspringe ist frühmorgens bereits voll besetzt. Voll besetzt von alten Leuten; vermutlich nur Rentner. Haben alte Leute kein Zuhause? Die Frau vor mir bestellt sich »einen Kaffee to go zum Mitnehmen.« Dann fragt die Verkäuferin mich: »Und Sie?«

»Einen Kaffee ›no go‹ zum Hierbleiben«, halte ich dagegen. »Wie möchten Sie denn Ihren Kaffee?« Am liebsten würde ich sagen: ›Allein‹, aber ich antworte: »Schwarz«, und bleibe an einem Bartisch stehen.

Eine Frau springt auf, um ein Foto von ihrem Mann zu machen: »Nun lächle doch mal!«, fordert sie ihn auf. Seine Miene bleibt unverändert, der Fotoapparat klickt trotzdem. Danach ist die erwachsene Tochter dran. Sie steckt die Zunge heraus. »Es gibt kein Foto von dir, wo nicht deine elende Zunge mit drauf ist«, empört sich die Amateurfotografin. Das Kleinkind in der Karre fängt an zu heulen. »Ach, du warst doch gar nicht gemeint. Ist doch gut, mein Süßer«, versucht die Oma es zu beruhigen. »Was iss'n mit dem schon wieder los?«, will der Opa wissen. »Er hat Fieber«, antwortet die Kindesmutter. »Wer?« »Nils hat Fieber«, wiederholt die Großmutter. Alles, was Nils' Mutter von sich gibt, übersetzt sie, wie ein Simultandolmetscher, ihrem Mann.

»Mach Wadenwickel«, schlägt der Großvater vor.

»Hier? Kann ihm ja Himbeereis um die Waden schmieren.«

Der Kleine fängt nun noch mehr an, zu brüllen. Flüssigkeiten treten aus allen Öffnungen des Gesichts heraus, ganz besonders aus der Nase. Ich will zwar nicht hingucken, bleibe aber fest mit meinem Blick daran hängen und hoffe, dass Nils' Mutter ihr Taschentuch endlich zum Einsatz bringt. Das Geplärre nervt. Es ist überall das Gleiche, denke ich, und dann wandern meine Gedanken in die Vergangenheit zu meiner Freundin Anke, die auch immer die Zunge rausstreckte, wenn ich sie fotografieren wollte.

Ich verbrachte vor einigen Jahren mit meiner Freundin Anke ein verlängertes ayurvedisches Wellnesswochenende in einem kleinen abgelegenen Hotel. Wir wollten fern vom Alltag ausgiebig abschalten.

Am Empfang des Hotels stand ein großer, bildhübscher, durchtrainierter Mann mit einem liebenswürdigen Lächeln. Er wirkte verschmitzt und auch charmant. Ich schmolz förmlich dahin, als ich ihn sah.

Er übergab uns die Zimmerschlüssel mit einem Blick, als ob er liebend gern mitkommen wolle. Für jeden gab es eine Taschenlampe als Geschenk des Hauses, worüber wir uns sehr amüsierten.

Beim Testen unserer Betten hüpften Anke und ich im Sitzen vergnügt darauf herum. Ich johlte übermütig: »Hast du diesen Prinzen am Empfang gesehen?«

»Ja. Ich dachte schon, ihr rennt sofort zur Besenkammer, als ihr euch mit gegenseitigen Blicken ausgezogen habt«, gackerte Anke mit hoher Stimme.

»Nun reicht´s aber hin! Wir haben uns doch nicht ausgezogen!«

»Na, mit den Blicken schon.« Bei dem Gedanken des Ausziehens lief mir ein Kribbeln über den Rücken. »Ein Schmucker ist er ja«, meinte ich, doch Anke gab zu bedenken: »Der wäre nichts für mich. Er ist viel zu jung, außerdem hast du den nie allein, es sei denn, er ist ein Asket, dann hast du aber keine Chance bei ihm.« »Ach, er ist bestimmt schwul«, lenkte ich ein, »die hübschen und lieben Männer sind nämlich meist schwul.« »Was denkst du, wie alt er ist?«, interessierte sich Anke. »Irgendwas zwischen Frühling und Herbst«, antwortete ich, weil er wirklich viel zu jung für beide von uns war. »Sei doch mal ernst. Ich denke, Anfang zwanzig.«

»Ich denke, er ist älter, aber ist doch egal, wenn er schwul ist«, meinte ich, in der Hoffnung Anke würde sich nicht wirklich für ihn interessieren, denn sie hatte sich gerade von ihrem Mann getrennt. Ich versuchte das Thema zu wechseln, um das Interesse von dem hübschen Kerl abzulenken: »Los, lass uns das Hotel etwas erkunden und dann gehen wir zum Abendbrot. Ich bin vielleicht schon neugierig, was es zu essen gibt.«

Mit der Besichtigung der »Hotelanlage« waren wir schnell fertig, denn es war alles sehr überschaubar. Sie bestand aus einer Bungalowsiedlung, ein Häuschen reihte am nächsten. So wie wir in die anderen Fenster schauen konnten, konnten auch wir in unserem Zimmer beobachtet werden. Nur große dicke Vorhänge schützten vor den Einblicken, die allerdings auch den Raum sehr verdunkelten. Die Sauna war eine frei stehende kleine Hütte, anstatt eines Tauchbeckens zur Abkühlung nach dem Saunagang, gab es einen vom Schilf bewachsenen Tauchteich. Anke fing an zu quietschen, weil direkt neben ihr ein Frosch in den Teich sprang: »Nein, hier werde ich garantiert nie saunieren!«

»Hab dich nicht so, vielleicht ist ja ein verwunschener Prinz dabei«, unkte ich.

»Die Vorstellung finde ich schauderhaft. Aber warum gibt es nicht mal einen großen Knall, wenn man einen Mann küsst, den man nicht mehr liebt, der dann aber zum handzahmen Frosch wird?«

»Vermutlich, damit es keine Froschplage gibt«, antwortete ich lachend.

Am Abend wurde uns im Restaurant ein Platz zugewiesen, der während des gesamten Aufenthalts eigens für uns, mit vier weiteren Damen, reserviert war. Ein Tisch direkt vor der Toilettentür. Jedes Mal, wenn die Tür aufging, wehte ein Hauch von frischem Klostein heraus.

Sehr auffällig war, dass alle Gäste Frauen waren.

Als der Kellner an unseren Tisch kam, um die Bestellung für die Getränke aufzunehmen, stieg in mir eine plötzliche Hitze auf. Es war der außerordentlich ansehnliche junge Mann vom Empfang. Er gefiel mir, keine Frage. Es war Leidenschaft pur, vielleicht sogar Liebe auf den ersten Blick. Nur Anke und ich bestellten ein Glas Wein, die anderen Damen nahmen vom kostenlosen Tee, der in Thermoskannen bereitstand.

Mit einer akrobatischen Hochleistung jonglierte der Supermann gleich fünf Teller an den Tisch. Ich beneidete ihn um dieses Können. Wir schauten auf unser »ayurvedisches Abendmahl«. »Ist das Kassler?«, fragte Anke entsetzt. »Das ungesunde Schweinefleisch, was durch Rauch und Pökelsalz pathologisch potenziert wird?«

»Ich habe solch einen Hunger, mir ist es erst einmal egal, was es ist«, antwortete ich. Es duftete nach leckerem Sauerkraut und die Knödel waren so goldgelb, dass ich sie gern gleich ganz in den Mund gesteckt hätte. Der hübsche Kellner konterte: »Das ist ayurvedisches Kassler, Mädels. Legt eine kurze Diätpause ein, ab morgen gibt es nichts mehr. Oder macht zwei Diäten, von einer wird man ja sowieso nicht satt.« Wir lachten darüber. Sofort, nachdem alle anderen Frauen ihre Teller leer gegessen hatten, sprangen sie auf und verließen das Lokal.

Anke und ich saßen bis Mitternacht und waren die letzten Gäste des Abends. Der charmante Kellner setzte sich zu uns und es dauerte nicht lange, bis wir Brüderschaft tranken. »Ich heiße Ulf-Dieter mit Bindestrich«, stellte er sich vor.

»Oh, Mitbindestrich, welch schöner Nachname«, quietschte Anke, »Ulf-Dieter! Ulf-Dieter, Ulf-Dihihihihi-iter«, sang sie seinen Namen, die Stimme immer höher werdend. Mir war ihr Verhalten äußerst peinlich, aber ich dachte auch, mit meiner Zurückhaltung bei ihm zu punkten. Er war sehr spendabel und gab einen Kräuterlikör nach dem anderen aus. Ich bewunderte seine Schlagfertigkeit und hing deshalb ständig an seinen Lippen. Mich umgab ein gewisser Zauber, wenn sich unsere Blicke trafen. Wir tranken einige Male Brüderschaft. Jedes Mal, sobald jemand versehentlich »Sie« sagte, wurde aufs Neue getrunken und geknutscht. Am häufigsten verplapperte sich Anke. Sie trank dann natürlich nur mit Ulf-Dieter Brüderschaft und küsste ihn, denn mich duzte sie schon lange. Es missfiel mir außerordentlich, dass sich Anke laufend versprach, und ich war mir sicher, dass dieses von ihr pure Absicht war. Wie aus heiterem Himmel zog Anke ihr T-Shirt straff, streckte ihren Oberkörper heraus und fragte Ulf-Dieter: »Findest du, dass ich zu wenig Busen habe?« Ich war wie vom Donner gerührt und froh, dass sie das T-Shirt nicht nach oben zog. Aber Ulf-Dieter antwortete schlagfertig: »Nein, zwei sind genug.«

Als es um das Bezahlen der Getränke ging, das Essen war bereits im Vorfeld bezahlt, verkündete Anke großzügig alles zu übernehmen. Mir, als chronisch Sparsame, war das mehr als recht. Je mehr Alkohol ich trank, je knickriger wurde ich. »Macht achtunddreißig fünfundneunzig ohne Trinkgeld!« Ohne Trinkgeld, wie dreist ist er denn, dachte ich, aber Anke fuhr voll darauf ab. Sie zog einen Fünfziger aus der Gesäßtasche ihrer Jeans und ließ den Schein über den Tisch flattern.

»Ach, das stimmt dann so?«, meinte Ulf-Dieter forsch.

»Ja«, kicherte Anke mit einem anzüglichen Augenaufschlag. Ulf-Dieter steckte den Schein ein und sagte grinsend: »Wer seine Schokoladenseite zeigt, signalisiert vernascht werden zu wollen.« Ich schüttelte mit dem Kopf und hatte für beide kein Verständnis, denn ich war total eifersüchtig. Alle waren betrunken, ich auch, aber keiner hätte sich das an diesem Abend eingestanden.

Beim Verabschieden fiel es mir schwer, mich Ulf-Dieters Annäherungen zu entziehen. Er hauchte mir ins Ohr: »Das größte Glück der Welt hat der, der dich in seinen Armen hält.« Sein warmer Atem verursachte ein Kribbeln, das vom Ohr aus bis über meinen Rücken lief. Der Satz ging runter wie Öl, es war Balsam für meine Seele. »Wir sehen uns morgen. Ich habe Frühschicht«, flüsterte er weiter.

Auf dem Weg zu unserem Bungalow wurde uns klar, wofür wir beim Empfang die Taschenlampen erhalten hatten, die allerdings im Zimmer lagen. Es war stockfinster. Auf dem Gelände befand sich nicht eine Laterne. Ich war erleichtert, als wir unser Zimmer unfallfrei erreichten.

Weil ich absolut kein Verständnis für das viele Trinkgeld hatte, fragte ich Anke: »Bist du verrückt, so viel Trinkgeld zu geben?« Sie gackerte und antwortete: »Ach, das hab ich doch alles schon wieder raus.«

»Das verstehe ich nicht.«

»Schau mal hier!« Es klapperte in ihrer Handtasche und sie holte eine Essig- und eine Ölkaraffe, zwei kleine Löffel und zwei Pfefferstreuer heraus. »Deshalb hatte ich vorsorglich schon meinen Geldschein in der Hosentasche«, hickste sie mit einem dauernden Schluckauf, »pfiffig, oder?«

»Wieso hast du gleich zwei Pfefferstreuer mitgenommen?«

»Oh, das war wohl ein Versehen - hick - den werde ich morgen gleich - hick - umtauschen.«

»Umtauschen? Dann nimm doch noch zwei Salzstreuer zu deinen beiden Pfefferstreuern.«

»Ne, brauch ich ja nicht - hick. Willst du?«

Ich fand diese Streuer so hässlich, dass ich dankend ablehnte.

Am Folgetag auf dem Weg zum Frühstück hoffte ich, Ulf-Dieter an der Rezeption sitzen zu sehen. Der Platz war leer. Die nächste Chance erhoffte ich mir im Restaurant, aber auch dort war er auf den ersten Blick nicht zu sehen. Vor dem Frühstück gab es Zitronenwasser und Ingwertee, was sehr wohltuend gegen die Katersymptome wirkte. Einige Situationen des Vorabends waren mir äußerst peinlich. Trotz Filmriss hatte ich jedoch Ulf-Dieters Abschiedssatz noch genau im Ohr. Ich war sehr erleichtert, dass von ihm nichts zu sehen war. Vielleicht hatte er verschlafen.

Nach dem Katerfrühstück stand die erste Massage an, für Anke eine Fußmassage und für mich eine Ganzkörpermassage. Ich las noch einmal laut aus dem Hotelprospekt vor: »Es gibt nichts Besseres, als sich in schöner Atmosphäre einer Ganzkörpermassage hinzugeben – mit allen Sinnen spüren und genießen und dabei Körper, Geist und Seele mit positiven Energien aufladen. Einmal sich von Kopf bis Fuß verwöhnen lassen, bedeutet Wohlbefinden und Entspannung pur.

Hier unten steht ganz groß geschrieben: In unseren besonders weichen Betten erwartet Sie ein noch nie da gewesenes Schlaferlebnis.«

Wir lachten beide darüber: »Wie hast du eigentlich geschlafen?«

»Frag lieber nicht, die Matratze ist so weich, da konnte ich mich gar nicht umdrehen; jedes Mal hatte ich das Gefühl, mich hält jemand fest oder ich wäre in die Matratze einzementiert und kann mich deshalb nicht bewegen. Laufend war ich wach, mein Nacken schmerzt, müde bin ich auch. Ich fühle mich, als hätte ich gar nicht geschlafen. Und du?«

»Ich freue mich jetzt schon auf mein Bett zu Hause. Am liebsten würde ich mich an den Froschpool legen und ausschlafen.«

»Du hast es doch gut, du kannst gleich entspannen. Mach dich los! Ich hoffe auf einen ausführlichen Bericht, was mich morgen erwartet«, entgegnete Anke. Ich zog mir nur einen Bademantel über meinen nackten Körper und ging noch etwas müde, aber voller Vorfreude zur Massage.

Eine junge Frau nahm mich in Empfang, sie zündete Kerzen an. Es war ein kleiner Raum, der nur Platz für eine einzige Liege hatte, farblich abgestimmte Seidenschals hingen an den Wänden, das gab dem Ganzen ein sehr privates Ambiente.

Ich war erleichtert, dass eine Frau mich massieren würde. Zwar hätte ich nichts dagegen gehabt, wenn es ein Mann gewesen wäre, aber so konnte ich mich doch besser fallen lassen. Die junge Frau bat mich, den Bademantel abzulegen und es mir auf der Behandlungsliege bequem zu machen. Anschließend deckte sie mich mit einem Laken zu und verabschiedete sich mit den Worten: »Mein Kollege kommt gleich.«

Kollege?

Der Kollege ließ nicht lange auf sich warten und begrüßte mich: »Na, gut geschlafen?«

Nein, das ist nicht wahr, ich glaubte, meinen Ohren und Augen nicht zu trauen. Es war Ulf-Dieter. In diesem Outfit sah er noch besser aus. Am liebsten wäre ich sofort versunken oder weggelaufen. Ich fand meine Lage so peinlich; völlig nackt und ausgerechnet er sollte mich jetzt auch noch massieren. Ich hatte mich so auf Entspannung gefreut, nun sollte es eine Verspannung werden? In diesem Moment war ich froh, dass ich auf dem Bauch lag. Plötzlich schämte ich mich für meinen viel zu dicken Hintern.

»Du sprichst wohl nicht mehr mit mir?«

»Nein, ich meine ja«, stammelte ich.

»Was denn jetzt? Ja oder nein?«

»Ja, ich habe gut geschlafen und nein, ich spreche noch mit dir.«

»Womit wollen wir beginnen?«

»Wie womit? Ich bin hier zur Massage.«

»Ich weiß. Und du hast gut dafür bezahlt. Ich werde dich nur ›zufrieden‹ hier wieder herausgehen lassen. Mach dich mal ganz locker Kleines, ich fang jetzt erst mal an«, zeitgleich dimmte er das Licht.

Ich fühlte mich unsicher und war völlig verkrampft. Er begann, meine Füße zu massieren, das fand ich ganz angenehm und so wurde ich tatsächlich etwas lockerer. Er arbeitete sich die Waden hinauf, und als er bei den Oberschenkeln war, spürte ich, wie seine Hände immer wieder »versehentlich« bis in meinen Schritt abrutschten. Es gefiel mir. Ich wusste genau, wenn er weiter geht, lasse ich es geschehen. Als er über meine Hüfte strich, hoffte ich, dass er meine aufkommende Gänsehaut nicht bemerkt.

»Dreh dich um!«, flüsterte er und hauchte mir ins Ohr: »Bin gut drauf, suche jemanden für drunter.«

Selbst hier hatte er seine blöden Sprüche auf Lager. Es kribbelte wieder über meinen ganzen Rücken. Seine weiße Hose wurde ihm im Schritt zu eng, die Erektion war gut erkennbar. Ich zögerte kurz. Wenn er ganz andere Gedanken hatte und das alles nur ein Missverständnis war? Quatsch, so eindeutig, wie er sich ausdrückte und es aussah.

Ich drehte mich um und meine aufgestellten, festen Brustwarzen verrieten ihm offensichtlich meine Erregung. Er massierte behutsam meinen Bauch und insgeheim wünschte ich mir, dass er wieder zwischen meine Beine käme. Er berührte sanft meine Brüste und fuhr mit seinen Händen an meinen Hals. Meine Fantasie machte mich fast wahnsinnig. Für mich stand fest, ich will es, jetzt und hier. »Hast du Kondome?«, hörte ich mich fragen. Ich erschrak über mich selbst. »Ein echter Mann kämpft mit dem blanken Schwert«, antwortete er und massierte mir dabei sanft die Schultern. Kein Kondom? In diesem Moment war mir aber alles egal. Ich war bereit. Bereit zu allem, was da kommen möge. Ich wollte es. Sein Kopf senkte sich und er küsste erst meine Schultern, den Hals und dann erreichten seine Küsse meinen Mund. Ich spürte seine weichen zarten Lippen, unsere Zungen umschlungen sich. In kürzester Zeit lagen seine Sachen alle auf dem Boden und er nackt auf mir. Im Hintergrund lief Entspannungsmusik in Dauerschleife, aber das nahm ich nicht mehr lange wahr. Die Pritsche kam mir plötzlich äußerst schmal vor. Ich hatte Befürchtungen herunterzufallen und klammerte mich fest an ihn. Die Bedenken verflogen sofort, als ich die festen Stöße spürte. Ulf-Dieter gab die Richtung vor und ich folgte, gab mich dem Geschehen hin und reagierte hierauf mit eigenen Impulsen, die das gemeinsame Spiel vorantrieben. Es fiel mir schwer, so geräuschlos wie möglich zu bleiben, deshalb biss ich mir auf die Lippen, um nicht vor Erregung zu schreien.

Auf dem Weg zurück ins Zimmer lächelte mich das Zimmermädchen freundlich an. Das löste in mir das Gefühl aus, als stehe auf meiner Stirn geschrieben: Ich habe soeben mit dem sonst am Empfang sitzenden, heute massierenden Kellner geschlafen. Der Gedanke an das Geschehene verursachte nochmals eine angenehme Gänsehaut. Anke war bereits fertig mit ihrer Massage und saß mit einem Handtuch um den Kopf gewickelt über einer Illustrierten. Ohne aufzuschauen, fragte sie: »Na, wie war es bei dir?«

»Großartig«, versuchte ich, in einer nicht zu überschwänglichen Euphorie zu sagen, während ich so schnell wie möglich in meine Jeans hüpfte. Erst ins rechte Hosenbein, dann ins linke, mit der Hüfte wackelte und noch zwei Mal auf der Stelle sprang, dann war ich endlich drin und fühlte mich nicht mehr so nackt vor ihr. Beim Blick in den Spiegel sah ich, dass meine Lippe blutete. »Und wie war es bei dir? Was soll dieser Turban?«, fragte ich Anke.

»Ach, meine Fußmassage war ein Druckfehler im Prospekt. Es sollte Kopfmassage heißen und nun habe ich eine Fetttolle auf dem Kopf.«

»Gut, dass du deinen Friseurtermin gestern schon hattest«, stichelte ich. Anke regte sich mächtig darüber auf und ich war glücklich über den so einfachen Themenwechsel.

Am nächsten Tag war Anke sehr aufgeregt und äußerst neugierig auf ihre Ganzkörpermassage: »Ach, ich bin unendlich heiß«, gackerte sie und noch mehr über mein entsetztes Gesicht. Wage es dir nicht, dachte ich argwöhnisch und Anke meinte lachend weiter: »Die Hitze ist mein Sonnenbrand.«

Eifersüchtig auf Anke und eifersüchtig auf alle anderen Frauen konnte ich Ankes Ganzkörpermassage-Bericht kaum erwarten. »Nun erzähl schon! Wie war es?«

»Das muss ich dir doch nicht beschreiben, du hast es doch gestern selbst gehabt.« Na, ich hoffe nicht, dass du heute das gleiche Erlebnis hattest, dachte ich und stellte meine Frage anders: »Wie hat es dir gefallen?«

»Naja, ging so, mir den Hintern massieren zu lassen ist doch nicht so mein Ding.« Irgendwie wurde ich das Gefühl nicht los, dass Anke plötzlich anders war. Ich war wütend auf meine beste Freundin, weil sie beim Bericht nicht ins Detail ging, dabei war ich am Vortag selbst nicht besser gewesen.

Zur Mittagszeit hatte Ulf-Dieter bereits wieder Dienst im Restaurant. Ich beobachtete alle Blicke und Gesten Ankes und Ulf-Dieters und versuchte etwas aus dem Verhalten der beiden hineinzuinterpretieren. Ulf-Dieter stand am Tisch und sagte leise zu Anke: »Du siehst aus wie ein frisch beglücktes Eichhörnchen.« Es war laut genug, sodass ich es ebenfalls verstehen konnte. Entsetzt musterte ich Anke. Stimmt, sie hatte glänzende Augen und rote Wangen. Mir entglitten die Gesichtszüge. Anke kicherte wie bekloppt und der Rest ihres Gesichts wurde auch noch puterrot. Sie griente wie ein Honigkuchenpferd und blieb mit ihren Blicken an ihm hängen.

Nein, das ist jetzt nicht wahr. Die beiden haben es getrieben. So wie er es gestern mit mir tat? Lief es genauso ab? Ich war entsetzt. Entsetzt vom Ausdruck und entsetzt von der Annahme, dass er es vermutlich mit jeder treibt. Bei dem Gedanken an das vielleicht Geschehene wurde mein ganzes Gesicht vor Wut hochrot. Wie bei einem kurzen Stromstoß kribbelte es im ganzen Körper. Bereits zu diesem Zeitpunkt war mir klar, ich war total verknallt. Verknallt in einen viel jüngeren Mann.

Ulf-Dieter beachtete mich kaum noch, deshalb fragte ich mich pausenlos, ob ich so grottenschlecht war. Nein, wahrscheinlich ist er nur ein Trophäenjäger, und wenn er seinen Spaß hatte, ist die Nächste dran. Wir sprachen zwar kein privates Wort mehr zusammen, aber ich ließ ihn nicht aus den Augen.

Das Wochenende war schnell vorüber. Ulf-Dieter hatte am letzten Tag keinen Dienst. So sah ich ihn nicht für meinen innerlichen Abschied. Den Gedanken, dass er sich schon wieder mit der Nächsten trösten könnte, wollte ich nicht aufkommen lassen.

Das war vor vierzehn Jahren.

Ein Pärchen im Café rüstet sich zum Gehen. Ich stelle mich sofort hinter einen Stuhl des frei werdenden Tisches, um damit den anderen neuen Gästen zu signalisieren, dass ich diesen Tisch in Beschlag nehmen möchte.

Ich bestelle mir noch einen Kaffee, aber nur weil ich für mich in Erfahrung gebracht habe, dass zum Café eine Gästetoilette gehört. Wenigstens wissen muss ich, dass eine da ist, rein prophylaktisch.

Ulf-Dieter wartet indessen vermutlich weiter auf sein Frühstück und wird sich ein wenig über die Ruhe in der Küche wundern.

Ich schwelge weiter in der Vergangenheit.

Zwei Monate nach dem Wellnesswochenende war mir klar, dass ich schwanger bin. Es kam nur einer als Vater infrage: Ulf-Dieter. Deshalb buchte ich noch einmal ein Wochenende in diesem Hotel, aber diesmal allein, ohne Freundin.

Als er mir wieder gegenüberstand, hatte ich das Gefühl, als wolle mir das Herz aus der Brust springen. Seine stahlblauen Augen funkelten mich an. Mit zittriger Stimme verabredete ich mich mit ihm außerhalb der Dienstzeit. Dass ich mich dabei laufend räuspern musste, war mir äußerst peinlich.

Zum vereinbarten Ort kam ich bewusst zu spät. Ulf-Dieter war nicht da. Meine größte Befürchtung, dass er nicht kommen würde, sollte sich jedoch zum Glück nicht bewahrheiten. Einige Minuten später erkannte ich ihn. Hitze stieg in mir auf, in meinen

Achselhöhlen bildete sich merklich Schweiß. Je näher er kam, je unruhiger wurde ich. Er küsste mich auf die Stirn und fragte: »Na, was gibt's denn so Wichtiges, mein Kleines?« Das Wort »mein« hatte einen besitzergreifenden Klang, aber »Kleines«? Ich konnte ihm nicht in die Augen sehen, das hätte mich noch mehr verunsichert, deshalb schlug ich vor, uns auf die Parkbank zu setzen. Dabei schauten wir beide auf einen Teich.

Ich holte tief Luft, zählte leise eins, zwei, drei: »Du wirst Vater!«, rums und es war raus. Nach einer Schweigeminute legte Ulf-Dieter seinen Arm um meine Schulter und eine Hand auf meinen Bauch: »Und, wie soll's nun weitergehen?« Weitergehen? Damit rechnete ich am allerwenigsten: »Na, ich bekomme das Kind. Egal ob du willst oder nicht. Ich bin schließlich schon vierunddreißig und das erste Mal schwanger. Ich wollte dir nur fairerweise mitteilen, dass du deine Gene weitergegeben hast.«

»Vierunddreißig? Das hätte ich jetzt nicht gedacht. Übertreibst du da nicht ein bisschen?«

»In zwei Monaten werde ich vierunddreißig.«

»Hab ich doch gewusst, dass du übertreibst«, sagte er mit einem Augenzwinkern, »Mama wird sich freuen. Mama ist fünf Jahre älter als du.«

Mama? So ein erwachsener Mann sagt Mama? Und sie ist nur fünf Jahre älter als ich? Dann könnte er fast mein Sohn sein? Am liebsten wäre ich im Erdboden versunken. Ich hörte schon alle Vorwarnungen meiner Freundinnen und auch meiner Eltern. Das geht doch nicht, dass der Mann jünger ist als die Frau und schon gar nicht so viele Jahre.

»Sie wünscht sich schon lange eine Familie und eine Enkelin«, hörte ich gedanklich abwesend.

»Das Kind bekomme immer noch ich! Und ob es eine Tochter wird, steht noch in den Sternen. Außerdem wohne ich mehr als vierhundert Kilometer entfernt von hier«, versuchte ich mich plötzlich zu retten.

»Du ziehst zu mir und dann gründen wir eine Familie. Mein Kinderzimmer kann dann ja gleich das Babyzimmer unserer Tochter werden«, schlug er vor, als wenn gar nichts weiter dazugehört.

»Wie stellst du dir das vor? Wir kennen uns doch gar nicht.«

Ulf-Dieter lächelte verschmitzt, sodass sich seine Grübchen zeigten. Das gefiel mir und ich hoffte, dass mein Kind wenigstens ansatzweise diese kleinen Einbuchtungen in den Wangen bekommen würde.

»Und am ersten Geburtstag von Simone heiraten wir!«

»Wer ist Simone?«

»Na unsere Tochter!«

»Wie kommst du auf diesen Namen?«

»Mama hat sich immer eine Tochter gewünscht, und wenn ich ein Mädchen geworden wäre, hätte ich Simone geheißen.«

Um allein das zu umgehen, wünschte ich mir von diesem Moment an einen Sohn. Trotzdem war ich über die unerwartete Reaktion sehr erstaunt, aber auch erfreut. Die ganze lange Nacht zuvor hatte ich mir in

Gedanken, Dialoge und Antworten zurechtgelegt, wie sie nicht annähernd eintrafen. Diese schlaflose Nacht war umsonst.

»Wir können ja probehalber erst mal gemeinsam Urlaub machen«, schlug Ulf-Dieter vor.

»Und wo?«, wollte ich wissen. »Magst du das Meer?«

»Ich muss nicht zwingend ans Meer. Mit dir würde mir auch die Pfütze auf unserem Hof zum Wohlfühlen reichen.« Seine charmanten Komplimente brachten mich zum Dahinschmelzen. Mit diesen Schmeicheleien wickelte er mich ein.

»Wie alt bist du eigentlich?«, interessierte mich.

»Zweiundzwanzig.«

»Nein, jetzt veralberst du mich.« Erleichtert war ich erst einmal über die Tatsache, dass er doch nicht mein Sohn sein könnte. Dass er jünger ist als ich, war mir schon klar, aber so viele Jahre. Er sah eindeutig älter aus. Beim näheren Betrachten dann doch wieder nicht, aber durch sein Benehmen und seine nostalgische Kleidung wirkte er einfach »erwachsener«.

Ulf-Dieter stand auf und warf einen flachen Stein auf den Teich, um ihn springen zu lassen. Etwa fünf- oder sechsmal ist er auf der Wasseroberfläche gehüpft, ehe er unterging. Ich war fasziniert, denn der nächste Stein hielt sich noch länger auf der Wasseroberfläche. Das spornte mich an, es auch zu versuchen. Jeder meiner geworfenen Steine ging allerdings sofort unter. Wie ein kleines wütendes Kind strampelte ich auf der Stelle mit den Füßen. Wir beide lachten herzhaft darüber. Ulf-Dieter stellte sich direkt hinter mich, sodass sich unsere Körper berührten, er hielt meinen Arm fest und erklärte: »Du musst die flache Seite parallel zur Wasseroberfläche halten. Wenn du ihn wirfst, gibst du ihm einen kleinen Drill, damit er rotiert.« Er führte meinen Arm und wir nahmen gemeinsam Schwung. Ich hätte mich am liebsten umgedreht und ihn geküsst, deshalb dachte ich gar nicht mehr an den Stein und hielt ihn weiterhin fest in der Hand. »Loslassen musst du ihn schon selbst Kleines! Sonst wird das nichts. Schau! So.« Und nochmals tanzte ein Stein auf dem Wasser. Meine Steine tauchten alle sofort ab, sie schlitterten nicht mal. »Unser Kind wird es hoffentlich besser können als du«, meinte Ulf-Dieter spöttisch. Wieder lachten wir beide darüber und ich fühlte erneut dieses Kribbeln in mir. Er packte mich am Oberarm und zog mich an sich. Er roch nach einem Gemisch aus ayurvedischer Küche und Massageöl. Ich hätte meine Nase in ihn hereinbohren können. Endlich küsste er mich. Wir standen wie versteinert, fest umschlungen und ich wünschte mir, dass dieser Augenblick nie zu Ende gehen würde. Ich empfand seine Umarmung als wärmend und sicher; ich war verliebt wie nie zuvor. Aber ich wollte keinen flatterhaften Filou, sondern einen richtigen Mann.

»Mit wie vielen Frauen hast du zwischenzeitlich geschlafen?«

Seine Mimik veränderte sich augenblicklich. Zorn stieg in ihm auf. »Ich verstehe diese Frage nicht. Mit keiner«, antwortete er. »Das glaube ich dir nicht. Mit mir hast du es doch auch auf der Bahre getrieben.«

»Das war keine Bahre, sondern eine Behandlungsliege. Eine Bahre ist eine Leichentrage.«

»Lenke doch nicht vom Thema ab. Und was war damals mit Anke?«, wollte ich deshalb von ihm wissen.

»Welche Anke?«

»Nun tu nicht so scheinheilig. Anke, mit der ich hier war.«

»Ach so. Was soll mit ihr gewesen sein?«

»Nun tu nicht so, mit ihr hast du doch die gleiche ›Massage‹ veranstaltet wie mit mir!«, prustete ich. »Was, wenn sie nun auch ein Kind bekommt?«

»Das kann sie doch, dann aber nicht von mir. Was denkst du von mir?« Ulf-Dieter lachte gekünstelt darüber, das bedrückte mich.

»Das hätte sie wohl gern gehabt?«

»Warum hast du sie mit dem frisch beglückten Eichhörnchen verglichen?«

»Weil sie wirklich so aussah. Sie hat mir was vorgeflennt und sah dann eben so aus.«

»Geflennt?«

»Ja, sie hatte Massageöl in die Augen bekommen und das brannte. Da kommen unwillkürlich die Tränen. Außerdem war sie beleidigt, als ich fragte, ob sich Chinesen wohl auch deutsche Buchstaben in den Nacken tätowieren lassen?«

Stimmt, Anke hat im Nacken drei chinesische Zeichen tätowiert. Mir fiel ein ganzer Geröllhaufen vom Herzen und ich schämte mich ein wenig für meine

Eifersucht. Ich war zwar erleichtert, aber trotzdem skeptisch, denn so etwas Harmloses hätte Anke doch zum Besten gegeben.

»Und du würdest dich wirklich über das Baby freuen?«

»Und Mama erst!« Oh, diese Worte hätten schon damals ein Warnsignal für mich sein müssen.

Am selben Abend noch lernte ich seine Mama Britta kennen. Sie sah mindestens zwanzig Jahre älter aus als ich, fand ich jedenfalls, und sie hatte aus meiner Sicht einen sehr überschaubaren Intellekt. Manchmal ist mir vom ersten Moment an klar, dass ich mein restliches Leben ohne diesen Menschen gut allein zurechtkommen würde. Die Vorstellung, hier einmal wohnen zu sollen, gelang mir einfach nicht. In dieser Wohnung steckte sehr viel Geld. Der Kronleuchter war bestimmt ein Vermögen wert. Porzellanfiguren reihten sich so aneinander, dass es an einen Verkaufsraum im Antiquitätengeschäft erinnerte. Auf dem Tisch standen die hässlichen Salz- und Pfefferstreuer, die auch Anke aus dem Hotel mitgenommen hatte.

Bei der Begrüßung wurde ich von Britta ignoriert, dafür wandte sie sich an ihren Sohn: »Sieh mal mein Ulfileinchen, ich habe dir hier in der Zeitung ein paar interessante Frauen für dich angekreuzt.«

»Mama, ich stellte dir doch gerade Julia vor.«

»Das muss ja nichts heißen, Süßer. Die Welt ist so reich an profitablen Frauen.«

»Mama! Julia bekommt deine ersehnte Simone!«

»Bist du dir sicher, dass du der ...?«, Ulf-Dieter unterbrach entsetzt seine Mutter und sie änderte ihre Fragestellung: »dass es eine Simone wird?«

Nach einem gemeinsamen kargen Abendbrot fuhr ich ins Hotel zurück. Ulf-Dieter blieb bei Mama zu Hause und ich war froh, allein in meinem einsamen fernsehlosen tristen Zimmer zu sein.

Als ich wieder in meiner Heimat war, rief Ulf-Dieter mehrmals täglich bei mir an. Das gefiel mir zu dieser Zeit noch außerordentlich.

Zwei Monate später verbrachten wir unseren ersten gemeinsamen Urlaub bei mir zu Hause. Ich spielte mit dem Gedanken, dass Ulf zu mir zieht, denn ich hatte nicht nur viel mehr Wohnraum, sondern auch einen besser bezahlten Job als er. Nun wollte ich ihm mein Traumhaus vorstellen und erwartete sofortige Begeisterung seinerseits. Als er vor dem Haus stand, ging sichtlich seine Kinnlade nach unten. Er war sprachlos darüber, wie ich als einzelne Person so pompös wohnen konnte. Natürlich ist so ein Haus nicht mit seiner »Blockhütte«, einer Wohnung im Plattenbau, zu vergleichen. Nach der Begrüßung mit einem Glas Champagner zeigte ich ihm den Wohnbereich, das Büro, Ankleidezimmer, Gästezimmer, natürlich auch das Schlafzimmer. Für mich war das normal. Ich bin darin aufgewachsen und wohnte nie so beengt in einer kleinen Bleibe wie er. Das Haus bekam ich von meiner Oma väterlicherseits geschenkt, mit dem Wunsch, es so lange wie möglich im Familienbesitz zu behalten. Nach der Besichtigung schlug ich vor: »Du kannst ja schon mal deine Tasche im Schlafzimmer ausräumen, dort habe ich dir einen Schrank leer gemacht. Ich decke indessen den Tisch.«

Stundenlang saßen wir nach dem Essen vor unseren leeren Tellern. Ich wollte nicht die behagliche Stimmung mit dem Abräumen beenden. Ulf gab mir unmissverständlich zu verstehen, dass er Lust ohne Ende auf mich habe und wir landeten halb nackt auf dem dicken Flokati vor der Couch. Bevor wir darauf einschliefen, lenkte ich ihn ins Schlafzimmer.

»Wo sind wir hier?«, wollte er wissen.

»Im Schlafzimmer, du hast doch hier vorhin deine Tasche ausgepackt.«

»Nein, hier war ich nicht. Ich habe nach dem Schlafzimmer gesucht und endlich ein Zimmer mit zwei Betten gefunden. Aber das sah anders aus.«

»Dann warst du wohl im Gästezimmer?«

»Kann sein, ich wunderte mich nur, dass ich es anders in Erinnerung hatte. Du wohnst nicht in einem Schloss, sondern im Palais.« Ich musste sehr darüber lachen. Der Kleine hatte wohl heute zum ersten Mal sein Kinderzimmer verlassen?

Überall, wo sich die Möglichkeit ergab, fielen wir übereinander her. Ulf bot vom Quickie bis zum lang anhaltenden, ausdauernden Sex ein umfangreiches Repertoire. Wir konnten nicht genug voneinander bekommen. So etwas hatte mir bis zu diesem Zeitpunkt kein Mann offeriert. Die zwölf Jahre Altersunterschied zwischen uns waren für mich der einzige Makel an unserer Beziehung. Wenn ein Mann eine viel jüngere Frau hat, ist das normal, aber umgekehrt?

Einen Abend verbrachten wir bei meinen Eltern. Mein Vater und Ulf tranken gemeinsam eine Flasche Whisky aus und umarmten sich laufend. Es floss viel Alkohol und so saßen alle Zungen ziemlich locker. Mein Vater war von Ulf begeistert, vermutlich, weil er so trinkfest war. Meine Mutter hatte so Einiges zu bemängeln, allem voran den Altersunterschied. Dabei hatten wir Ulf für meine Eltern schon um einige Jahre älter geschummelt.

Weitere zwei Monate später zog ich zu Ulf-Dieter. Vierhundertzwanzig Kilometer weg von meinen Eltern, von meinen Freunden und Freundinnen und meinen Erinnerungen. Erinnerungen an mein bisheriges Leben – an meine Kindheit und Schulzeit, die Lehre als Luftverkehrskauffrau und meine anschließende gute Anstellung in der Personalabteilung, um den Crew-Einsatz zu planen. Im dritten Ausbildungsjahr verdiente ich längst so viel wie Ulf-Dieter heute in Vollzeit.

Mein Haus ist jetzt vermietet, das Versprechen an meine Oma musste ich halten.

Mit dem Einzug bei Ulf übernahm ich nahtlos Brittas bisheriges Verwöhnprogramm. Ich lege seither jeden Tag die Sachen zum Anziehen für Ulf bereit, schmiere ihm seine Frühstücksbrötchen, auf die obere Hälfte Leberwurst, die untere Hälfte mit Frischkäse für sein Ei im Glas. Das Ei darf ich nur drei Minuten kochen. Beim Abschälen habe ich jeden Morgen meine

Mühe, es nicht zu zerdrücken, denn der Herr möchte es im ganzen serviert bekommen. Sein Auge isst schließlich mit. Allerdings rührt er das Ei dann kräftig um. Diese Pampe sieht schauderhaft aus und hinterlässt ein scheußlich verschmiertes Glas. So manches Mal frage ich mich, warum er es nicht gleich roh aus der Schale schlürft.

Inzwischen habe ich die zweite Tasse Kaffee ausgetrunken und meine Wut hat sich gelegt. Aus Vernunftsgründen gehe ich wieder nach Hause.

Beim Aufschließen der Haustür höre ich Geräusche im Treppenflur. Ein Schlüssel wird ins Türschloss gesteckt. Es ist Britta, sie will zu uns zum Frühstück kommen. Ihr erster Gang ist bei uns prinzipiell zur Toilette. Ob sie da nun hin muss, um zu müssen oder zu inspizieren, habe ich bisher nicht herausbekommen. Angeblich benutzt sie unsere Toilette, weil ihre Klobrille ständig so kalt ist. Sie schafft es immer wieder, ganz treffsicher unter die Brille zu pieseln. Wie ihr das gelingt, ist mir ein Rätsel. An der Position des Wasserhahnhebels erkenne ich, dass sie sich oftmals die Hände nicht wäscht.

Ich beeile mich, um die beiden belauschen zu können. »Guten Morgen, mein Kleiner. Was ist los mit dir, mein Junge? Du siehst so traurig aus.«

»Guten Morgen, Mama. Es ist alles in Ordnung. Setz dich, Frühstück müsste gleich fertig sein.«

»Na, irgendetwas ist doch mit dir? Raus mit der Sprache!«

Er erzählt ihr die »Pfirsich-Nektarinen-Geschichte«, und an der Stelle, an der Britta ins Spiel kommt, hakt sie ein: »Also, Ulfi, dass du lieber Nektarinen isst, das weiß ich doch ganz genau. Nie würde ich Julia darum bitten, Nektarinen gegen Pfirsiche zu tauschen.« »Ja Mama, das weiss ich doch«, antwortet er und es hört sich an, als gäbe sie ihm einen feuchten, schmatzenden

Kuss auf die Wange. »Na Götzendank!«, antwortet Britta und meint damit, »Gott sei Dank«.

Ich schau in die Stube. Ulf-Dieter sitzt noch am Computer und seine Mutter steht hinter seinem Stuhl. Runter liegt auf der Couch. In der Tür stehen bleibend, grüße ich meine Schwiegermutter mit einem kurzen: »Hallo!«

»Was machst du denn noch so lange?«, fragt mich Ulf-Dieter. Das kann doch nicht sein, hat der geistig unterbelichtete Kerl nicht mal mitbekommen, dass ich weg war? Nur Runter erhebt sich von der Couch und kommt mir schwanzwedelnd entgegen. Wenigstens einer, der sich über meine Anwesenheit freut. Ich entdecke, dass die Vase auf der Kommode von links wieder in die Mitte gewandert und die Gardinen nach Brittas Sinn »gerichtet« sind. Unsere Wohnung ist sehr sachlich eingerichtet. Dekorative Elemente gibt es kaum, da Ulf-Dieter jegliches kitschig findet und das, was hier steht, rückt meine Schwiegermutter auch noch um. Ihr Milbentempel ähnelt noch immer, wie schon vor vierzehn Jahren, einem Kunstgewerbeladen. Es ist absolut kein Platz mehr für Nippes, Klimbim oder Sammelsurium.

Am Frühstückstisch redet Ulf-Dieter mit mir, als wäre nichts gewesen, es scheint, als sei die Welt für ihn wieder in Ordnung. Allerdings gibt es keine Sicherheit dafür, dass es immer noch so ist, wenn Britta wieder weg ist. Es kann gut sein, dass er sich dann erneut an die Funkstille erinnert. Ich schmiere widerwillig sein Brötchen und reiche Britta die Butter, darauf reagiert sie mit: »Du bist ja heut so freundlich. Willst du was von mir?« Mir bleibt fast der Bissen im Hals stecken. Kann sie ihre boshaften Sticheleien nicht einmal für sich behalten? »Oder braucht euer Kronsohn mehr Taschengeld oder cetera? Oder sollte ich mal wieder Runter nehmen, weil ihr weg wollt? Dafür bin ich ja oft immer gut genug.«

»Gar nichts von alledem. Stell dir vor, ich wollte nur nicht, dass dein Ärmel in meinem Kaffee landet – und entweder du meinst oft oder immer.«

Ulf-Dieter scheint das Thema wechseln zu wollen: »Mama, du hast da einen Fleck auf der Socke.«

»Wo?«

»Da am rechten Fuß.«

»Den Fleck hatte sie gestern schon, allerdings auf der linken Socke«, revanchiere ich mich. Die knisternde Stimmung sorgt dafür, dass die restliche Zeit am Frühstückstisch Ruhe herrscht und Britta die Aufenthaltszeit bei uns nicht künstlich in die Länge zieht. Nachdem sie ihren letzten Schluck Kaffee getrunken hat, verabschiedet sie sich herzlich von ihrem Ulvieh. Mir nickt sie nur zu. Nicht einmal ihr Geschirr nimmt sie mit in die Küche. Ulf handhabt es ebenso. Er verschwindet im Badezimmer und kommt nicht wieder heraus, deshalb schaue ich nach. Er liegt dort auf dem Fußboden mit dem Kopf unter der Kloschüssel. Nach dem ersten Hochgefühl, dass er das Zeitliche gesegnet haben könnte, bemerke ich neben ihm einen Schraubendreher, Wasserpumpenzange und diverses anderes Werkzeug. Er knurrt mich an: »Mach die Tür zu, hier stinkt´s!« In

Gedanken sehe ich schon das halbe Bad unter Wasser und wage zu äußern: »Nimm bitte den WC-Vorleger weg.«

»Du bist ganz schön dumm, ja das bist du!« Die »normale« Stimmung ist also doch aufgehoben. Dumm!? Warum bin ich jetzt dumm? Dass ich in seinen Augen dümmlich bin, ist mir bekannt, aber in dieser Deutlichkeit hatte er mir das noch nie gesagt.

»Ich drehe nur den Klodeckel fest, warum soll ich da den Vorleger wegnehmen? Ich knie auch nur darauf, weil der Boden mir zu hart ist, aber das kannst du dusselige Kuh ja nicht wissen.« Soll der mich doch gern haben, ich ziehe wieder ab. Die Funkstille ist somit aufgefrischt.

Demnächst sind wir zur Hochzeit von Martha Harry und Jürgen Pfahl eingeladen. Martha heiratet inzwischen zum vierten Mal. Sie war mit siebzehn schwanger und vermählte sich an ihrem 18. Geburtstag mit dem Kindesvater. Ganze fünf Monate hielt dieses Bündnis. Mit vierundzwanzig erwartete sie das zweite Kind von einem anderen Mann, selbigen heiratete sie bereits während der Schwangerschaft. Dass es mit ihm auch nicht die lang anhaltende Liebe war, stellte sie bald fest. Mit fünfunddreißig ehelichte sie zum dritten Mal und bekam das dritte Kind. Aber auch dieser Mann war nach kurzer Zeit weg und nun will sie den Bund fürs Leben schließen, weil sie wieder schwanger ist. Nicht auszudenken, wenn sie sich wirklich ihren Wunsch von acht Kindern erfüllen möchte. Marthas größtes Problem der jetzigen Eheschließung ist die Frage nach dem Familiennamen. Ihr derzeitiger Name verleitete Spaßvögel des Öfteren sie »Matha Hari« zu nennen, aber wenn sie nun Pfahl heißen soll, wird das auch nicht besser.

Ich vergaß völlig, wegen der Feier einen Friseurtermin für mich zu vereinbaren, deshalb rufe ich sofort beim Friseur an. Der Salon ist in Groß Hupfspringe, dem Ort, in dem Ulf-Dieter auch immer noch arbeitet, fünfundzwanzig Kilometer entfernt von unserem Wohnort. »Am Mittwoch zwölf Uhr ist ein einziger Termin frei«, höre ich die Friseurin sagen. Um dorthin zu kommen, würde ich gern das Auto nehmen. Es ist zwar mein Wagen, aber nur auf dem Papier. Ulf forderte das Fahrzeug förmlich bei mir ein. »Wenn du eine Massage willst, musst du schon dafür bezahlen. Du gibst mir ganz einfach dein Auto dafür«, meinte er, nachdem ich zu ihm zog. Damals lachte ich darüber, es war völlig normal für mich, dass er mein Auto mitbenutzte und es unser gemeinsames Fahrzeug wurde, also willigte ich ein. Und das war nicht nur mit dem Auto so. Auf diese Art verkaufte ich mich persönlich peu á peu an Ulf. Aber warum endete früher ein Streit nicht mit lang anhaltender Funkstille? Was war da anders? Weil wir uns danach in die Arme nahmen oder über »Vorwürfe« des Anderen miteinander sprachen und sogar lachen konnten. Damals zumindest schluckte ich noch so Einiges. Anke erkannte seine beleidigende Art schon in unserem Kurzurlaub und sie hat immer wieder gesagt: »Überlege es dir gut, bei ihm hast du nichts zu lachen. Das ist ein Haderlump.« Ich dachte, Anke sei eifersüchtig und wolle nur selbst eine Beziehung mit Ulf-Dieter eingehen.

Ich schau wegen des Friseurtermins auf Ulf-Dieters Dienstplan. Er hat frei, das passt sehr gut. Aber im Kalender steht ausgerechnet an diesem Tag ein Reparaturtermin für das Auto. Unser Nachbar Willi will es vor der nächsten TÜV-Fälligkeit durchsehen. Wenn ich mich beeile und sofort danach nach Hause fahre, ohne einen Husch zu Gaby oder in meine Lieblingsgeschäfte, könnte ich die Benutzung des Autos von Ulf-Dieter abgesegnet bekommen. Ich halte die Muschel des Telefonhörers zu und spreche mein Vorhaben mit ihm schnell ab, damit es nicht zu unvermuteten Problemen kommt. Endlich kann ich den vorgeschlagenen Friseur-termin zusagen. Unmittelbar im Anschluss ruft Ulf-Dieter bei Willi an, um in Erfahrung zu bringen: »Sind wir Mittwoch um vierzehn oder um fünfzehn Uhr ver-abredet?« Oh, denke ich, das ist ja mal ein feiner Zug von ihm, mir zuliebe den Termin zeitlich nach hinten zu verschieben.

»Gut, bis Mittwoch vierzehn Uhr!«, höre ich ihn nur noch sagen.

»Du hättest doch auch fragen können, ob du fünf-zehn Uhr kommen kannst, dann hätte ich mehr Zeit in der Stadt«, entlade ich mich.

»Ich wollte ja wissen, ob wir Mittwoch oder Donnerstag verabredet sind.«

Was? Er ist dumm wie zehn Meter Feldweg. »Du denkst aber auch kein bisschen mit«, reagiere ich sauer.

»Dann hättest du mir das mal sagen müssen!«, wirft er mir vor.

»Spinnst du jetzt? Ich konnte ja nicht wissen, dass du ihn jetzt anrufst. Doof bleibt doof! Da helfen keine Pillen.« Ich muss einen Gang zurückschalten, um nicht ausfallender zu werden.

»Du musst dabei nur mal in den Spiegel gucken!«, kontert er. Das sticht in meiner Brust. Dieses »doof bleibt doof« platzte förmlich aus mir heraus, sonst wäre ich daran erstickt. Mit seiner Reaktion habe ich so mal wieder nicht gerechnet. Inzwischen müsste ich ihn doch langsam kennen.

»Ich glaube, ich muss ausziehen oder noch besser du verschwindest, nur das würde mir guttun«, brabbele ich mir in den Bart, für ihn hoffentlich nicht hörbar. Jedoch würde ich das, schon allein Bastian zuliebe, nicht tun.

Bastian ist unser inzwischen dreizehn Jahre alter Sohn, der zum Glück kein Mädchen wurde, weil der Name Simone mir gar nicht gefiel. Bastian ist seit einem Jahr in einem Internat. Dieser Entscheidung zuzustimmen, fiel mir unwahrscheinlich schwer. Er soll unbedingt eine elitäre Luxusanstalt besuchen, um dort Selbstständigkeit, Verzicht, Selbstbewusstsein und Toleranz vermittelt zu bekommen. Alles das, was Ulf-Dieter fehlt. Wir könnten nie die monatlichen Kosten dafür aufbringen, deshalb zahlt Britta regelmäßig die anfallenden Beträge. Ulfs Vater ist bei einem Grubenunglück ums Leben gekommen, daher bekommt Britta eine großzügige Witwenrente. Ich wollte nur Bastians Bestes und hatte das Gefühl, dass es ihm im Internat besser geht als zu Hause. Bereits als ich aus der Klinik kam, wurden mir alle mütterlichen Angelegenheiten entzogen. Britta führte sich wie die Mutter und nicht wie die Oma auf. Hätte sie zu dieser Zeit stillen können, hätte sie auch das noch übernommen. Die ständigen Vorschriften des strengen Vaters und der Oma sorgten sehr oft für Tränen. Wenn ich meinem Basti beistand, mischte sich Britta ins Geschehen und dann war ich gleich mit dran, mit unablässigen Vorwürfen wie: »Du hast doch keine Ahnung von Erziehung. Du verziehst das Kind nur« oder »Du bist wie eine Glucke«. Das mit der Glucke stimmt sogar ein wenig, aber das war ich auch sehr gern und bin es heute noch. Bastian wurde und wird von beiden total unterdrückt und gezügelt. Kein Wochenende verging, an dem nicht Basti, ich oder wir beide heulend zu den Mahlzeiten den Tisch verließen. Wenn Ulf-Dieter Dienst hatte, war das nicht wirklich entspannter, denn dann übernahm Britta vertretend die »Erziehungsmaßnahmen«. Ein paar Regeln mögen ja gut und schön sein, aber Kinder lernen besser von dem, was sie vorgelebt bekommen und das passt nie mit Ulf-Dieters Forderungen überein.

Als Bastian in die Schule kam, wurden für die Kinder verschiedene Arbeitskreise angeboten. Unser Sohn wollte unbedingt in den Tanzzirkel, was mir sehr gefiel. Ulf zerriss wütend das Anmeldeformular und brüllte mich an: »Willst du, dass er schwul wird?«

»Das hat doch damit nichts zu tun.«

»Du hast ihn schon genug verweichlicht, wenn er Sport machen will, dann richtigen. Boxen, Eishockey, Football oder Rugby wären okay.«

»Bist du verrückt? Das kommt gar nicht infrage! Dann würde ich Leichtathletik, Schwimmen oder allerhöchstens noch Fußball zustimmen.«

Nach einem harten Disput zwischen uns ließ sich Ulf auf das Fußballtraining herab. So entschieden wir Eltern, ohne das Kind danach zu fragen, welche Sportart es außer Tanzen, machen darf. Bastian weinte bitterlich darüber, nicht wegen des Fußballtrainings, das gefiel ihm sogar, aber dass er außerdem nicht zum Tanzen durfte, war für ihn eine große Enttäuschung.

Ulf richtete seinen Dienstplan so ein, dass er bei Bastians Fußballtraining immer zugegen sein konnte.

Wenn es dienstlich mal gar nicht anders gehen sollte, verlegte er sogar seine Mittagspause auf die Trainingszeit. Nach einem halben Jahr wurde Bastian wegen Unfähigkeit entlassen. Seitdem Bastian im Internat ist, spielt er wieder Fußball.

Der einzige winzige Vorteil von Bastians Internatsaufenthalt ist, dass ich keinen Wecker mehr stellen muss.

Auf die Frage, was wir Jürgen und Martha zur Hochzeit schenken wollen, hat Ulf die glorreiche Idee, eine Flasche vom kostbaren, raren, selbst gebrannten Whisky zu schenken. Das finde ich zwar nicht sehr originell, aber da Jürgen zu seinen besten Kumpeln gehört, diskutiere ich nicht darüber. »Dann füllen wir den in die eckige unförmige Whiskyflasche, und fertig!«, äußert Ulf einfallsreich. »Meinst du die Flasche, die du deiner Mutter mitgegeben hast, damit sie sich diese mit Kerzenwachs beträufeln kann?«

»Schwachsinn! Du sollst nicht immer Mutter sagen. Aber das kann auch nicht sein, diese Flasche würde ich Mama nie geben.«

»Ich glaube schon.«

Wie gerufen, ist der Schlüssel in der Tür zu hören und sofort marschiert Britta wie immer durch aufs Klo. Danach falle ich augenblicklich mit der Tür ins Haus: »Kann es sein, dass du die eckige Whiskyflasche von Ulf hast?«

»Welche Flasche? Ich habe keine Flasche.«

»Sag ich doch!«, meldet sich Ulf.

»Ich meine die Original-Whisky-Flasche, die du mit Kerzenwachs beträufelt hast.«

»Ach, das ist eine Urinal-Flasche?«

»Nein, original!«

»Ach, die hatte ich gerade heute in der Hand und wollte sie wegwerfen.«

»Mama! Hast du?«

»Nein, mein Junge. Willst du sie zurück? Ich bringe sie dir hoch«, und schon verschwindet sie wieder. Ich frage mich, was sie eben hier wollte, etwa nur zur Toilette gehen? Wie immer lässt sie den Toilettendeckel oben, auch so eine blöde Marotte von ihr.

Es klingelt.

»Wer ist das denn?«, fragt Ulf.

»Weiß ich doch nicht, als wenn ich durch die Tür sehen könnte!«

Gaby steht vor der Tür und verkündet: »Ich mache heute mal frei von meinem Alltag. Hab die Nase voll und wollte etwas machen, was mir gut tut. Also dachte ich, fährst du mal zu Julia.« So etwas passt in ihren streng strukturierten Terminplaner eigentlich nicht rein, deshalb bin ich umso überraschter. »Das war die beste Idee des Tages«, antworte ich freudig, »komm rein!« Nur schade, dass Ulf-Dieter auch zu Hause ist.

Ich führe Gaby erst einmal in die Küche, um mit ihr allein zu sein und frage verwundert: »Ist alles in Ordnung bei dir? Was ist passiert?«

»Nichts, mir war einfach mal so. Ich gehe jetzt zu einem Psychotherapeuten und er hat mir geraten, von meinem alltäglichen Rhythmus etwas abzuweichen. Nun übe ich.«

»Oh, Psychotherapeut. Wie kommt das denn?«

»Ich habe die Schnauze so voll von diesem Mistvieh.« Diese Ausdrucksweise ist mir von Gaby völlig fremd, ich will natürlich mehr wissen. »Wieso, was ist mit Puckel?« Sie lächelt etwas: »Ach, das Vierbein meine ich ja gar nicht.« In der Namensgebung ihrer

Haustiere ist Gaby ebenso einfallsreich wie ich. Wir haben den Namen gemeinsam für ihren Hund erarbeitet. Puckel ist nämlich halb Pudel und halb Dackel.

»Ich meine Lambert«, antwortet sie.

»Was ist los?«

»Der spinnt, der spinnt. Der dreht jetzt völlig am Rad. Heute Morgen kam er in die Küche und sah, dass ich Puckel das allmorgendliche Leckerchen gab. Du weißt doch, was ich meine, die wie Bonbons in Folie gewickelt sind. Eigentlich holt sich der Lämmerschwanz sonst die Pluspunkte bei Puckel. Ihm fiel dann das bereits leere Leckerlipapier vom gestrigen Abend ins Auge und er fragte vorwurfsvoll den Hund, ob er schon wieder eine doppelte Ration bekommen habe. Der Hund antwortete natürlich nicht, aber ich fühlte mich angegriffen und rechtfertigte mich, dass das Papier noch von gestern da läge. Dass dies ebenso schlimm war wie die doppelte Ration, bemerkte ich zu spät, als ich es schon ausgesprochen hatte.«

Ich finde ihr Problem gar nicht so tragisch und weiß deshalb nicht, was ich dazu sagen soll, darum frage ich erst einmal: »Möchtest du etwas trinken? Ein Wasser vielleicht?«

»Hast du auch etwas Härteres?«, fragt sie zu meinem Erstaunen. Dann muss es doch heftig sein.

»Eis!«, ruft Ulf-Dieter vom Flur in die Küche. Gaby lacht laut und herzlich darüber, ich kann allerdings über diesen blöden Witz schon lange nicht mehr lachen, da er ihn immer wieder zum Besten gibt. Wir einigen uns auf ein Gläschen Sekt. Ulf, der nie Sekt trinkt, sondern nur Champagner, möchte heute auch ein Glas und setzt sich zu uns, als wäre es das Normalste der Welt. Sonst geht ihm die Spielerei am PC über alles und jetzt setzt er sich zu meiner besten Freundin und mir. Dann sagt er plötzlich: »Ich habe für dich beim Friseur angerufen. Du kannst schon elf Uhr kommen.« Anstatt mich darüber zu freuen, bemerke ich barsch: »Du hast hoffentlich nicht ihre private Nummer gewählt, sondern die dienstliche.«

»Was du immer aus der Ferne weißt. Deine Schläue immer«, reagiert er stinkig. Sein Zorn ist gut erkennbar. Gaby schaut mir in die Augen und will mir so ungesagt mitteilen: Lass es!

Die Situation wird durch ein Klingeln an der Tür aufgelöst. »Was ist denn heute los? Wer ist denn das jetzt?«, fragt Ulf genervt. »Woher soll ich das wissen? Kann ich durch die Wand sehen?«

Ulf geht zur Tür und kommt mit Willi, unserem Nachbarn, der einen lässigen Wanderlook trägt, zurück. »Ich geh jetzt Pilze fangen, wollt ihr mit?«

Ulf sieht mich fragend an. Die Augen verleiernd antworte ich kurz angebunden: »Ich nicht! Ich habe Besuch.« Auch ohne Besuch würde ich nicht mitgehen. Ich gehe schon lange nicht mehr mit Ulf in die Pilze. Seine ständigen Abkürzungen querfeldein entpuppten sich immer wieder als kilometerlange Umwege oder sie endeten im Nichts, an Abhängen oder Felsvorsprüngen. Wenn uns an diesen Stellen etwas passiert wäre, hätte man uns vermutlich erst nach Jahrtausenden dort gefunden, so wie Ötzi. Hunderte Male habe ich vorher darum gebeten, nicht über Stock und Stein zu wandern, sondern auf den Wegen zu bleiben, noch dazu, weil Basti es immer wieder schaffte mit kaputten Knien oder sogar einem aufgeschlagenen Kopf nach Hause zu kommen. Nicht einmal auf seinen Sohn nahm oder nimmt er Rücksicht. Bei solchen Aktionen wächst in mir Unverständnis und Wut.

»Was gibt es denn zurzeit für Pilze?«, richtet sich Ulf-Dieter an Willi.

»Butterpilze, Steinpilze, mal sehen, ob es schon Hallimasch gibt.«

»Hallimasch magst du doch?«, fragt mich Ulf-Dieter.

Das ist zwar richtig, aber da ich Pilze immer mit gemischten Gefühlen esse, aus Angst es könnte ein giftiger dabei sein, betone ich schon mal vorsorglich: »Ich esse keine davon!« Zugegebenermaßen der Gedanke, dass Ulf-Dieter jetzt mitgeht und so einen richtig guten Giftpilz mitbringt, gefällt mir. Ich stelle mir vor, wie schnell ich ihn dann los wäre und alle anderen mich auch noch für meinen »freudigen« Verlust bedauern würden. Ulf will von mir wissen: »Was soll ich denn anziehen?« »Was hältst du von einer Hose?«, entgegne ich zurück. Gaby lacht laut darüber. Das war mein Ziel, ihn bloßzustellen. Dann verschwinde ich schnell, um seine Wandersachen aus dem Schrank zu holen. Im Nu ist er mit Willi und Runter weg. Jetzt wird es gemütlich, ich schenke uns Sekt nach und erwähne mal einen von Ulfs Lieblingssätzen: »Nimm drei« wäre auch ein guter Name für eine Sektsorte geworden.«

Um zu sehen, wo Ulf meine Friseurin angerufen hat, nehme ich das Telefon und drücke auf die Wahlwiederholung. Natürlich ist es die private Telefonnummer, was mir sehr peinlich ist. »Wo ist das Problem?«, will Gaby wissen. »Mit dienstlichen Angelegenheiten muss man keinen zu Hause belästigen. Und der Anruf hätte gar nicht sein müssen. Was mischt er sich in meine Angelegenheiten ein?«

»Er meint es doch nur gut.«

»Ja, nimm ihn noch in Schutz. Kannst ihn gern haben. Die Leute denken immer, er sei lustig, und alle glauben, er macht nur Witze, dann mimt er außerdem immer, der beste Ehemann der Welt zu sein. Dabei ist er einfach nur die Stradivari unter den Arschgeigen.«

»Nein danke, das muss auch nicht sein, aber du würdest ganz schön blöd gucken, wenn ich ihn nehme. Er würde dich aber kein zweites Mal verlassen, so dumm ist er nun auch wieder nicht, dass er nicht wüsste, was er an dir hat. Und Bigamie ist deshalb verboten, weil es kein Mensch mit zwei Schwiegermüttern aushalten würde.«

»Er hat es gut, seine Schwiegermutter ist weit weg. Ich habe nicht das Empfinden, dass er weiß, was er an mir hat. Vermutlich gibt es die wahre Liebe nur noch zwischen einer Frau und Nugataufstrich«, seufze ich.

Gaby fängt an zu gackern, das aufs Neue ansteckt. So herzhaft wie mit ihr jetzt habe ich lange nicht gelacht. Schnell werde ich wieder ernst und meine:

»Aber eins steht fest: So kann es nicht bleiben. Entweder Ulf-Dieter ändert sich grundlegend oder wir trennen uns. Wieso ist er jetzt derart anders? Was ist aus meinem, einstmals von mir so geliebten, Mann geworden?«

»Du solltest Ulf-Dieter nur als großes Kind ansehen, dann würdest du ihn vielleicht besser verstehen.«

»Ich will einen Mann und kein erwachsenes Kind.«

»Mach doch mal einen Termin beim Therapeuten. Das kann ich dir sehr empfehlen, wenn du meinst, an deiner Ehe ist noch etwas zu kitten.«

»Du denkst wohl auch, ich renne mit einem halben Brathähnchen zum Tierarzt und frage, ob da noch was zu retten ist?«

Trotzdem schiebe ich den Rat nicht auf die lange Bank. Sofort, nachdem Gaby weg ist, rufe ich beim Therapeuten an. Nach etwa einer viertel Stunde Entspannungsmusik am Telefon, die vermutlich zum Meditieren animieren soll, knackt es geräuschvoll und eine Frauenstimme flüstert: »Ich wünsche Ihnen einen schönen guten Tag! Hier ist die Praxis Doktor Weißborn. Schwester Barbara am Apparat, was kann ich für Sie tun?« Diese Kurzgeschichte gibt mir genügend Zeit, um aus meinem Traum zu kommen und mich zu sammeln: »Guten Tag, ich hätte gern einen Termin bei Doktor Weißborn.«

»Ja, da muss ich mal schauen.«

Ich höre, wie die Schwester mit Papier raschelt. Wahrscheinlich blättert sie im Kalender. Wie altmodisch, warum macht sie das nicht mit einem Computer? Endlich spricht sie wieder mit mir: »Was möchten Sie für einen Termin?«

»Ich verstehe Ihre Frage nicht.«

»Wollen Sie einen Termin für eine Suchttherapie? Oder Suizidtherapie, Entspannungstherapie, Verhaltenstherapie oder eine tiefenpsychologisch fundierte Psychotherapie?«

»Was?«

»Haben Sie Ängste, Depressionen, Essstörungen, Zwänge oder vielleicht Halluzinationen? Leiden Sie unter Schizophrenie? Wurden Sie missbraucht?« Wenn ich jetzt unmissverständlich antworten könnte, was ich denke, würde ich am liebsten dem Missbrauch zustimmen. Ja, ich fühle mich missbraucht. Zwar nicht sexuell, wie das hier vermutlich gemeint ist, aber seelisch. »Ich benötige einen Termin für eine Paartherapie.«

»Sie wissen schon, dass Sie dann auch als Paar hier erscheinen müssen?«

»Ach so. Ach ne, das wird nichts. Dann möchte ich einen Depressionstermin.«

»Sie wissen schon, was Sie wollen?«

Ich sage: »Ja!«, und meine Nein.

»Gut, die nächste Terminvergabe dafür ist in drei Monaten, am zwölften Dezember.«

»Ein Termin für eine Terminvergabe?«

»Genau! Sie können am zwölften Dezember gern wieder anrufen und sich bis dahin überlegen, zu welcher Therapie Sie möchten und dann kommen Sie auf die entsprechende Warteliste. War es das?«

»Da ist ja schon fast das Trennungsjahr vollbracht. Aber ja, das war's dann wohl.«

Es ärgert mich, dass ich eben so unvorbereitet dort anrief. Nur deshalb muss ich höchstwahrscheinlich so lange warten. Aber wenn ich mir Gespräche im Vorfeld in Gedanken hinlege, spiele ich alle möglichen Varianten der Kommunikation durch und auf nicht einen Satz antwortet mein Gegenüber so, wie ich es vorher durchgesponnen habe.

Ich drücke auf die Wahlwiederholung. Diesmal knackt es schon nach zwei Minuten Entspannungsmusik. »Ich bin es noch mal; ich habe eben schon einmal ...« »Ich weiß«, fällt die Dame am anderen Ende mir ins Wort.

»Wann könnte ich kommen, wenn ich die Therapie privat bezahle?«

»Oh, da haben Sie sehr großes Glück, gerade eben hat jemand für nächste Woche abgesagt.« Haha, gerade eben habe ich mit Ihnen telefoniert, würde ich am liebsten sagen. Jetzt höre ich das Klimpern einer Tastatur. »Nächsten Freitag?«

»Ja, das ist gut, dann nehme ich den. Was kostet das?«

»Hundertsechzig Euro für das Erstgespräch.«

Ich schlucke und habe das Gefühl, mir krempelt sich der Magen um. Hundertsechzig Euro ist ein Vermögen. Wie soll ich das Geld in einer Woche heimlich beschaffen? Wir nutzen ein gemeinsames Konto und mir fällt auf die Schnelle kein Grund ein, wofür ich das Geld abheben müsste. Ulf-Dieters Gehalt, das schlichtweg für zwei Wochen ausreichend ist, geht auch auf dieses Konto, welches er akribisch überwacht. Wenn ich ausnahmsweise etwas mehr Taschengeld für unseren Sohn abheben will, muss ich mir einen anderen Grund einfallen lassen, wofür ich das Geld benötige und es Bastian heimlich zustecken. Die Mieteinnahmen für mein Haus gehen auf ein Konto, an das ich nur persönlich in meinem Heimatort komme, damit es auch für das Haus verwendet wird und nicht hier in den Haushalt einfließt und verplempert wird. Ich bestätige trotzdem den Termin, denn absagen kann ich ihn immer noch.

In meinem Portemonnaie ist gähnende Leere. Ein wenig Hartgeld ist noch drin. Mein erster Weg geht zur kleinen Blechdose, in der ich mein Geburtstagsgeld als Notgroschen deponiere. Ich leere sie. An der Waschmaschine, wo mein »Waschgeld« liegt – es ist das gesammelte Kleingeld aus Ulf-Dieters Arbeitshosen – finde ich auch nicht viel. Da Ulfs Gäste alles schon im Vorfeld bezahlt haben, bekommt er äußerst selten Trinkgeld. Alles krame ich zusammen, baue vom Kleingeld Türmchen, damit ich es besser zählen kann, und bin über das Ergebnis enttäuscht; einundzwanzig Euro und neunundsiebzig Cent. Da wäre noch Bastians Spardose. Ich gehe in sein Zimmer, es sieht nach wie vor so aus wie vor dreizehn Jahren, als Bastian geboren wurde. Selbst der Wickeltisch steht noch drin, nur wurde der jetzt als Kleiderablage für die gebügelte Wäsche umfunktioniert.

Bastians Spardose ist ein kleines rosa Schweinchen ohne große Öffnung. Ich drehe und wende es, bis der einzig darin befindliche Schein vor dem Einwurfschlitz liegt. Es ist ein Einhunderteuroschein. Hundert Euro, so viel hätte ich auch gern einmal zur freien Verfügung. Dieser Schein wird gleich mir gehören, ich möchte ihn mir aber nur borgen. »Borgen zum Erhalt der Ehe deiner Eltern«, entschuldige ich mich gedanklich bei Bastian. Mit einer Pinzette fummele ich ihn heraus und gleich noch einige Eurostücke. »Entschuldige Bastian, du bekommst es wieder, es ist ja für einen guten Zweck«, murmele ich während meines »Diebstahls«.

Die Tür klappt und ich fühle mich ertappt. Ganz schnell lasse ich das zusammengesammelte Geld in meiner Hosentasche verschwinden. Ich gehe Ulf-Dieter entgegen: »Hallo Schatz«, nach diesem Wort stocke ich einen Moment und erschrecke mich selbst. Das habe ich seit Ewigkeiten nicht mehr gesagt. »Du bist ja schon wieder da?«

»Habe versucht dich anzurufen, aber es war laufend besetzt.«

»Ich hatte ein dienstliches Gespräch. Warum wolltest du mich anrufen?«

»Wollte dir schon mal sagen, dass es zum Mittag keine Pilze geben kann. Unsere Stelle war wie leer gefegt. Willi hat sich lang gemacht, war nass und hatte dann keinen Bock mehr.«

»Schade«, antworte ich, und denke, dann klappt es diesmal also nicht mit dem Giftpilz. Äußerst nett stelle ich fest: »Es ist noch etwas Suppe da.«

»Ein für alle Mal, ich esse keinen Eintopf!«, schnarcht er mich an.

»Entschuldige. Es ist ja auch kein Eintopf, es sind Nudeln mit Hühnerfleisch und viel dünner Soße.«

Ulf-Dieter begutachtet skeptisch den Inhalt des Kochtopfes und kostet gleich daraus. Er hört gar nicht auf, zu probieren. »Oh, schmeckt ja gut dein Schla-mutschku Schlabatschku.«

»Ehrlich?«

»Ja, gut gewürzt. Lecker. Kann man wirklich mal essen.« Das ausgerechnet aus seinem Mund. Ich staune. Ulf-Dieter kann sehr kritisch und mäklig sein, wenn es um meine Zubereitungsvarianten geht.

Zum Abendbrot kommt wie immer Britta. Sie will wissen, was es Mittag zu essen gab und mit ein wenig Stolz antworte ich: »Nudelsuppe. Die hat sogar deinem Ulvieh geschmeckt. Davon ist aber leider nichts mehr da. Wir essen jetzt Schnitte mit Brot.« Ulf mischt sich ins Gespräch und äußert: »Naja, ging so mit der Suppe. Mama sei froh, dass von diesem Hatschka Matschka nichts mehr da ist.«

»Na Götzendank«, antwortet Britta, nicht wissend, wie gut die Suppe war. Ich muss mein Adrenalin herunterfahren und ignoriere es, aber nur verbal, denn innerlich verspüre ich schon wieder diesen Druck in der

Magengegend. Oft bin ich nach solch einer mündlichen Attacke pappsatt, aber heute lass ich mir nicht den Appetit verderben. Beim Essen allerdings bemerkt Ulf-Dieter schon wieder: »Übrigens musst du mir für morgen noch ein weißes Hemd bügeln.« Die Betonung legt er derart auf »musst«, dass ich meine Fäuste entkrampfe. »Und wenn du bügelst, geh auf den Balkon. Mama hat hier erst Staub gewischt.« Ich habe das Gefühl, mir bleibt der Bissen im Hals stecken. Ich bügle immer im Kinderzimmer, nur wenn Bastian in den Ferien kommt, räume ich das Bügelbrett weg. Was interessiert sich Ulf also dafür, ob es staubt oder nicht? »Wie du vielleicht siehst, regnet es, außerdem hätte Britta nicht Staubwischen müssen, das habe ich nämlich erst getan.«

»Ist doch gut, dass es regnet, dann brauchst du vorher die Wäsche nicht zu besprenkeln, außerdem sagst du doch immer, dass du mehr an die frische Luft willst«, belustigt sich Ulf. Die beiden lachen. Ich hingegen finde das gar nicht lustig, mir ist eher zum Heulen. Ulf-Dieter schaut mich an und sieht, wie meine Mundwinkel nach unten wandern: »Deine Stimmungsschwankungen sind unerträglich.«

»Das sind keine Schwankungen, mit dir habe ich alle Stimmungen gleichzeitig!«, knurre ich.

»Früher hast du mitgelacht. Was ist bloß aus dir geworden?«

»Früher wusste ich auch noch nicht, wie viel Ernst in deinem Spaß steckt. Dein Sarkasmuslevel ist doch inzwischen so hoch, dass du selbst nicht weißt, ob du es ernst meinst oder nicht«, kontere ich.

Damals war ich so unendlich glücklich mit ihm. Nach einem langen innigen Kuss hauchte ich ihm einst in sein Ohr: »Ich liebe dich.«

»Ich mich auch!«, antwortete er darauf und wir lachten beide so sehr darüber. Heute wäre ich über diese Reaktion stinksauer. Britta gibt nun auch noch ihren Senf dazu: »Sicher hast du dabei die Fensterbänke und cetera vergessen.« Was meint sie jetzt? In mir brodelt es erneut. Merkt die nicht, wie doof sie ist? Wieder beide gemeinsam gegen mich. Wie gemein! »Außerdem ist es gleich dunkel draußen.« Was rechtfertige ich mich eigentlich dauernd?

»Ja, so sehen die Hemden auch immer aus, als wenn du im Dunkeln bügelst.«

Es reicht! Ich stehe auf und streiche mir meine Nackenhaare glatt, damit ich nicht vor diesen beiden Provozierenden anfange zu heulen und quäle mir ein: »Bügle doch selbst, ich muss noch Geld verdienen«, heraus. Tatsächlich steht bis morgen noch ein Abgabetermin an.

Seit Bastian im Internat ist, arbeite ich wieder. Da ich freie Mitarbeiterin bin, habe ich natürlich Geld und Zeit en masse, weil das bei allen Selbstständigen selbstverständlich so ist, aber dass man dafür auch arbeiten muss, ist für manche völlig unlogisch. Mein Fehler war von Anfang an, den Job von zu Hause aus zu erledigen. Das nimmt keiner für voll. Da ich meine Arbeitszeit mehr oder weniger selbst einteilen kann, sieht es oft so aus, als hätte ich nichts zu tun. Das große Glück, sein Hobby zum Beruf zu machen, haben nicht viele. Ich zeichne Karikaturen für die Presse. Die terminlichen Abgabefristen sind der einzige Druck, den ich dabei habe. Und trotzdem muss ich immer auf dem Laufenden sein und Ideen bekommen und dann müssen die Vorstellungen schließlich noch aufs Papier. Wenn ich an meinem Schreibtisch sitze und zeichne, sieht das für mein Umfeld nach purer Entspannung aus.

Auf dem Weg in mein Büro plärrt Ulf-Dieter hinter mir her: »Was machst du jetzt?«

»Ich gehe ein Blatt Papier lochen. Aber das nur am Rande«, rufe ich zurück. Er fühlt sich mit meiner Antwort veralbert und das ist wie ein gefundenes Fressen für mich: »Siehst du, du kannst auch keinen Spaß mehr vertragen, so wie früher.«

Mich plagt dermaßen das schlechte Gewissen wegen der Plünderung von Bastians Ersparnissen, dass ich den Termin bei Doktor Weißborn wieder absage und das Geld zurück in das Schwein stecke. Momentan interessiert mich viel mehr, ob es sich überhaupt noch lohnt, für den Erhalt dieser Ehe etwas zu tun.

Gaby geht jeden ersten Freitag im Monat zu einer Kartenlegerin, um in Erfahrung zu bringen, wie die nächsten vier Wochen bei ihr aussehen und wie sie diese planen kann und soll. Diesen Besuch wegzulassen, hat sie nicht aus ihrem Therapieplan genommen. Gaby hat mir den heutigen Termin besorgt, den ich nun mit großer Neugier wahrnehme. Vielleicht weiß die Hellseherin, was mir demnächst bevorsteht und ich kann eventuell etwas entspannter in die Zukunft sehen.

Die Sitzung findet bei der Kartenlegerin zu Hause statt. In einer dunklen kleinen Stube steht ein Tisch mit Sofa und zwei Stühlen. Die alte Dame bittet mich, auf einen Stuhl zu setzten. Mir gegenüber lässt sich das Mütterchen in die Sofakuhle fallen. Danach kann ich nur noch ihren Kopf sehen. Momentan fehlt mir jegliche Vorstellungskraft, wie sie irgendwann da wieder herauskommen wird. Ein großer Holztisch steht zwischen uns, auf dem ein überdimensionaler Aschenbecher steht. Darunter ist ein Deckchen, unter das ich vermutlich das Honorar schieben soll. So hat es zumindest Gaby beschrieben. Es ist alles sehr schlicht und dürftig eingerichtet, nicht einmal eine ominöse Glaskugel ist zu sehen.

Die alte Dame steckt sich eine Zigarette mit Spitze an. Der Ascher läuft fast über und der Geruch der kalten Asche beißt in meiner Nase, deshalb halte ich meine Hand davor, um den Gestank zu schmälern. Ich zähle die im Ascher befindlichen Zigarettenstummel. Bei sechzehn höre ich auf zu zählen und der Alten zu. »Ich nehme kein Geld fürs Kartenlegen. Aber alle legen hier einen Schein unter die Decke.« Alles klar. Das ganze Wirtschaftsgeld für diese Woche verschwindet unter dem Deckchen. Vorsichtshalber kündige ich schon mal an: »Ich möchte aber keine Todeszeitpunkte von mir oder meinen Angehörigen wissen.« Zwar würde es mich schon interessieren, wann Britta oder Ulf-Dieter »Götzendank« das Zeitliche segnen, aber das wage ich jetzt, nicht zu äußern. Wann Bastian und ich gehen müssen, will ich allerdings absolut nicht wissen.

Nachdem das Geld an seinem Platz liegt, beginnt die Kartenlegerin: »Erzählen Sie nichts. Ich sehe alles in Ihrem Blatt«, dabei mischt sie die Karten. Mit ihren Unterarmen stützt sie sich an der Tischkante ab. Sie kann gerade so über den Tisch gucken. Ich soll den Kartenstapel so oft abheben, wie die Anzahl meiner Kinder ist. »Wenn Sie verheiratet sind, mit der rechten Hand, wenn nicht, nehmen Sie die linke.« Na toll, wenn es so weitergeht, habe ich bald einige Fragen selbst beantwortet. Die alte Dame legt jeweils acht Karten zu vier Reihen auf den Tisch und beim Aufdecken gibt sie kleine fragwürdige Laute von sich: »Aha! ... Hm ... Ach?

... Ja, na mal sehn ...«, und endlich, »dann werde ich mal anfangen.« Ich schaue sie neugierig und erwartungsvoll an. »Sie sind verheiratet.« Treffer, das hast du ja gesehen, weil ich den Stapel mit der rechten Hand abgehoben habe. »Und Sie haben ein Kind. Sie sind nicht von hier. Ihre Heimat ist weiter weg. Es sieht aus, als hätten Sie keine Geschwister. Die Liebe hat Sie hierher verschlagen.« Ich bin erstaunt, wie präzise die alte Dame mein bisheriges Leben schildert. »Sie haben einen Sohn. Er hängt sehr an Ihnen«, das konnte die Hellseherin alles noch nicht wissen, es sei denn, Gaby hat geplaudert. »Aha. Er hat keine Geschwister. Auch nicht außerhalb Ihrer Ehe.« Nach einer längeren Pause fragt sie mehr, als dass sie es feststellt: »Ihr Kind ist so weit weg? Es ist gar nicht zu Hause. Hm?« Nun wundere ich mich schon wieder über diese exakte Aussage. Helfend äußere ich: »Er ist im Internat.«

»Ach so, aber dort geht es ihm gut. Oh, Ihr Mann ist ja einer. Na das ist ja ...«, sie spricht nicht weiter. Ich will wissen, was sie meint und versuche das Weiblein zu unterstützen: »Er ist sehr eigensinnig, das stimmt wohl, aber ansonsten?«

»Hm? Er hängt sehr an einer weiblichen Person.« Sofort fällt mir dazu Margit ein. Margit ist Ulfs Geliebte. Als mir Ulf vor vier Jahren offerierte, dass er mich verlässt und zu Margit zieht, brach einerseits meine heile Familienwelt zusammen, andererseits war ich nicht unglücklich, ihn so einfach loszuwerden. Sechs Monate später kam er reumütig zurück, war wieder der alte Charmeur und wirkte auf mich erneut unwiderstehlich und ich fiel abermals auf ihn rein, aber ich fühlte mich auch als Siegerin. Ulf hielt sich vermutlich immer eine Rückkehr zu mir offen. Ich empfand keine Schuld an seinem Gehen, denn er hatte eine andere. Teilweise erleichtert und auch enttäuscht ließ ich ihn gehen. Bastian wollte er auch mitnehmen, aber da stand mir Britta das erste und einzige Mal zur Seite: »Ein Kind gehört zur Mutter!« An Scheidung dachte ich schon damals nicht, nur an Mord.

Margit ist sogar noch vier Jahre älter als ich, sie könnte fast seine Mutter sein. Für ihn ist sie aber die bezauberndste Frau: schlank, vollbusig, hat immer ein Lächeln im Gesicht, ist ein bissel doof und deshalb im Umgang sehr bequem. Auch im Bett ist sie großartig. Sie weiß einfach, was er für Vorlieben hat und geht darauf ein. Wenn Margit haucht: »Hab Lust auf ein EKG«, hat Ulf-Dieter schon verloren. EKG bedeutet für Margit »Eierkontrollgriff«, der mindestens mit einem Quickie endet. So hat es Ulf-Dieter mir vorwurfsvoll geschildert, als er nach einem halben Jahr Ehepause zurückkam.

Ich wollte nicht als Verliererin dastehen, deshalb »kämpfte« ich erneut um ihn, als es für ihn um die Entscheidung ging, Margit oder die Rückkehr zu mir.

Nun ist alles wieder beim Alten. Trotzdem hatte die Sache unserer Beziehung einen riesigen Knacks gegeben. Bei mir ist nichts mehr so wie früher, immer sind Skepsis und Eifersucht im Hinterstübchen. Bei jedem wiederkehrenden Ausraster Ulf-Dieters frage ich mich, warum ich mir das ständig aufs Neue antue und bei ihm bleibe? Ich habe sogar schon eine Für-und-Wider-Liste gemacht, aber auch damit mich selbst belogen. Vorsichtshalber stellte ich nur Fragen, die ich mit »bleiben« beantworten konnte. Außerdem kann ich es Bastian nicht ein weiteres Mal antun. Er liebt seinen Vater und hängt sehr an ihm.

Ich habe beim Zuhören etwas den Faden verloren und muss schnell wieder dem Mütterchen folgen: »Eine Frau, es könnte gut seine Mutter sein oder auch eine Tante von ihm. Diese Person wirkt sehr dominant auf ihn ein. Sie sollten sich davor in acht nehmen, diese Person zu beleidigen, das könnte schlimme Folgen haben.« Nach einer mir ewig vorkommenden Pause äußert sie: »Diesen Mann möchte ich nicht geschenkt haben.« Na das empfinde ich nun doch als Frechheit und trotzdem schade, dass dies die Personen nicht hören, die sonst immer Ulf-Dieter in Schutz nehmen. Aber was meint das Mütterchen jetzt damit? Was hat er denn so Böses an sich? Eigentlich kann ich mir diese Frage selbst beantworten, aber ich will es bestätigt haben. Da mein Umfeld mich für meinen lieben netten Mann beneidet, zweifle ich natürlich öfter an mir selbst. »Ihr Mann möchte zwar eine erfolgreiche Frau an seiner Seite, aber sie sollte ihn nicht übertreffen.« Immer wieder fährt das Weiblein mit ihren Fingern über die Karten. »Neue Brücken werden gebaut. Über diese Brücken werden Sie gehen.« Aha, was für Brücken denn?, frage ich mich gerade. Wechselt Ulf-Dieter doch noch seinen Beruf, vielleicht als Brückenbauer?

»Ihre Arbeit zu Hause ist ein Zeichen von oben, damit Sie zur Ruhe finden. Diese Arbeit spannt Sie so an, dass damit schlechte Energie im Haus verteilt wird.« Wie soll ich das verstehen? Zeit darüber nachzudenken ist nicht da, ich muss weiter zuhören. »Eine schwarzhaarige Frau spricht schlecht über Sie.« Britta, das kann nur Britta sein. Als ich sie kennenlernte, hatte sie pechschwarze Haare. Jetzt trägt sie mit angeblich vollem Selbstbewusstsein ihr friedhofsblond, dabei hat sie in Wirklichkeit eine Allergie gegen Haarfarbe entwickelt.

»Neue Brücken werden gebaut ...« Wir alle haben unsere Brücken im Leben. Wir können sie überqueren, einreißen oder von ihnen springen, denke ich. »Ihr Mann arbeitet in einem großen Haus und hat Kontakt mit vielen Menschen. Er ist vermutlich ein Anwalt.« Ich muss schmunzeln, weil ich mir Ulf-Dieter als Anwalt vorstelle. »Eifersucht und Leidenschaft stehen bei Ihnen auf der Tagesordnung. Sie haben Herzschmerz. Ich sehe hier einen weiteren Mann in ihr Leben treten. Ich denke, er hat ein eigenes Haus. Anscheinend ist er älter als Sie, vielleicht ein Witwer und er hat ein Kind. Bei diesem Mann könnten Sie es besser haben. Aber ich kann nicht eindeutig erkennen, ob Sie auf seine Annäherung eingehen. Neue Brücken werden gebaut, über diese Brücken werden Sie gehen. Ihr Sohn wird einmal weit wegziehen. In weiter Ferne sehe ich eine Schwiegertochter. Mit ihr bekommen Sie Probleme. Ihren Mann sehe ich zu dieser Zeit nicht mehr an Ihrer Seite. Neue Brücken werden gebaut ...«, die alte Dame steckt sich die nächste Zigarette an und liest weiter in den Karten: »Spielen Sie Lotto! Sie gewinnen im Lotto!« Ich schaue das kleine runzlige Weiblein fragend an. »Ja, wenn Sie nicht spielen, können Sie auch nicht gewinnen. Sie kommen wirklich zu sehr viel Geld, es könnte natürlich auch ein Rubbellos sein oder ... nein, ein Erbe ist es nicht. Spielen Sie, ich rate Ihnen, spielen Sie Lotto!« Sie schaut kurz auf und schon wieder spricht sie mit den Fingern über die Karten gleitend: »Vergewissern Sie sich, ob Ihr jetziger Weg noch der richtige ist oder eine Neuausrichtung nötig ist.« Dann sagt sie nichts mehr. Ich sehe sie fragend an. »Ja, das war's, ich kann Ihnen nur den guten Rat geben, trennen Sie sich von diesem Mann und spielen Sie Lotto!«

Das war es? Das war schon alles? Ich fühle mich genauso schlau wie vorher. Bis auf die Nachricht, dass ich mich mit meiner Schwiegertochter nicht verstehen werde und Bastian einmal weit weg wohnen wird, was mich etwas unglücklich stimmt, weiß ich nichts. Ja, auch der fragliche Mann schwirrt natürlich in meinem Kopf. Wer könnte das sein? Ob ich ihn schon kenne? Ich werde aus meinen Gedanken gerissen, denn das alte Mütterchen hat sich irgendwie aus ihrer Sofakuhle geschraubt. Nun habe ich gar nicht mitbekommen, wie sie das schaffte. »Wollen Sie einen weiteren Termin?«

»Oh, ich muss das neue Wissen erst einmal sacken lassen, wenn ich wieder kommen möchte, kann ich ja Gaby ...«, sie lässt mich nicht ausreden. Vermutlich war das die falsche Antwort. »Gut, dann sage ich nur tschüss.« Vielleicht hat sie ja schon in den Karten lesen können, dass ich nicht wiederkommen möchte. »Ja, vielleicht bis bald«, antworte ich, um sie nicht zu verärgern.

Es klingelt an der Wohnungstür; ich stutze, weil ich niemanden erwarte. Ist es Gaby? Runter bellt wie verrückt. Das kenne ich gar nicht von ihm. Es klingelt nochmals. »Ja, ich komm ja schon. Ich warte doch nicht hinter der Tür, bis irgendjemand mal bimmelt.« Es klingelt schon wieder und ich finde es inzwischen unverschämt. Oh, die Person ist vermutlich schon oben vor der Wohnungstür. Durch den Spion erkenne ich einen Mann im Blaumann, der gerade eine Reflexzonenmassage der Naseninnenwand ausübt. Zeugen Jehovas und Staubsaugerverkäufer sind es schon mal nicht. Ich öffne die Tür und schau ihn fragend an. »Tach, ick will bei Sie die Heizung ablesen.« Ach, er kennt wohl nur zwei Fälle der deutschen Sprache? Genitiv und primitiv. Diesen Termin habe ich total vergessen, sonst hätte ich mir heute nicht so viele Baustellen geschaffen.

»Na dann kommen Sie mal rein«, bitte ich ihn.

»Könn Se ma de Töle anketten?«

»Nein, aber ein Dalmatiner beißt nicht. Der ist sensibel und verschmust.«

»Dat sagn alle. Erzähln Se ma noch, det is ne magersüchtige Kuh, globe ick Sie det och noch.«

Die Arbeitsschuhe mit Stahlkappen sehen an ihm aus, wie viel zu große Elbkähne. Daran würde sich jeder Hund die Zähne ausbeißen. Der Heizungsableser wird hoffentlich nicht Witwer und mein besagter Zukünftiger sein. Er muss nun ausgerechnet in jedes Zimmer. Hätte er nicht gestern kommen können, als die Wohnung noch ordentlich war? Heute ist mein Haushaltstag, weil Ulf-Dieter durchgehenden langen

Dienst hat und Britta sich mit ihren Freundinnen in der Stadt trifft. Da habe ich mich so über meinen langen freien Tag gefreut und nutze ihn ausschließlich zum Putzen. Die Betten sind abgezogen, die Wäsche liegt im Bad vor der Waschmaschine und wartet darauf, dass die darin befindliche Wäsche fertig wird. Trotz eines Riesenschrittes schafft der Döskopp es, die Bettwäsche zu treffen. Im Schlafzimmer liegen die Bettdecken ebenfalls auf dem Fußboden. Im Abwasch stehen alle Blumenvasen und der Frühstückstisch ist auch noch nicht abgeräumt.

Der Zustand meiner Wohnung ist mir äußerst peinlich und so stammele ich: »Entschuldigen Sie bitte die Unordnung, aber heute ist mein großer Putztag.«

»Aha«, antwortet er uninteressiert, »könne ma verraten, ob da unten wer is? Da steht ja deselbe Name dran, wie bei Sie.«

»Da wohnt meine Schwiegermutter, aber sie ist nicht zu Hause.«

»Ham sen Klutsch dafür?«

»Was?«

»Na nen Schlüssl?«

»Ach so, nein, das tut mir leid. Ich kann Sie nicht hinabbegleiten.« Der Ableser muss wohl denken, bei dieser Ausdrucksweise, ich habe voll einen an der Klatsche, aber beim Wort »runter« steht sofort Runter bei Fuß. Außerdem besitze ich keinen Schlüssel, weil den Ulf-Dieter immer bei sich hat. Selbst wenn er arbeitet, nimmt er ihn mit.

Mein Geburtstag steht vor der Tür und ich schreibe auf einen Zettel, wen ich alles einladen will. Beim gemeinsamen Frühstück erwähne ich, dass wir acht Personen zu meiner Feier sein werden. Ulf-Dieter will wissen, wer alles dazugehört und ich beginne, aufzuzählen: »Gaby mit Lambert«, schon fällt mir Ulf-Dieter ins Wort: »Lambert? Na, wenn der kommt, kannst du allein feiern.«

»Was hast du immer gegen Lambert?«

»Er ist ein vielseitig desinteressierter Mensch.«

»Gaby ist meine beste Freundin und Lambert gehört einfach dazu. Nur weil er keinen Alkohol trinkt, ist er doch nicht desinteressiert.«

Nun meint auch Britta kopfschüttelnd, ihren Kommentar abgeben zu müssen: »Also eins steht doch klipp und deutlich fest, der Lambert hat ja kein Benehmen oder cetera. Und diese Witze, über die er selbst am meisten lacht.«

»Na gut, über Lambert und Gaby reden wir noch mal. Wer noch?«, fragt Ulf-Dieter. Ich habe keine Lust mehr, weitere Personen aufzuzählen, ergänze aber knurrig: »Brigitte und Robert, der Rest ist Familie.«

»Und was ist mit Max und Laura Marie?«, will Ulf nun wissen.

»Er ist doch dein Freund und nicht meiner.«

»Deshalb musst du sie trotzdem einladen. Er ist doch mein bester Freund.«

»Eben. Deiner! Meine Freundin soll ich nicht einladen, aber deinen Freund?«, reagiere ich sauer. »Na, das ist doch ganz was anderes. Du gehst doch auch immer mit, wenn er feiert.«

»Ja, weil du eingeladen bist, komme ich mit. Ich habe keine Lust mehr, dann feire ich eben gar nicht.«

Britta spricht wie immer mit supervollem Mund. Die kleinen Krümel, die erst an der Unterlippe hängen, fliegen beim nächsten Prusten über den halben Tisch und landen auf dem Wurstteller. Dabei ist sie sehr treffsicher. Erst wischt sie sich die Nase mit ihren Fingern ab, dann hebt sie ihren Zeigefinger in Drohstellung: »Du musst schon mal auf deinen Mann hören!«

»Kacktusse«, sage ich wütend.

»Du willst immer so schlau sein«, meint Britta mit einem breiten Grinsen, »das heißt Kakteen.«

»Nein, nein, ich meine schon dich!«, kontere ich, aber das schnallen weder Britta noch Ulf-Dieter.

Anschließend in der Küche wirft Britta wie immer die Brotkrümel in den Abwasch. Schon gefühlte tausendmal sagte ich, dass sie das nicht soll, weil ich im Abfluss keinen Teigklumpen heranzüchten möchte. Ich bin so sauer darüber, dass ich mir nicht auf die Zunge beiße und sage: »Wirf nicht immer die Krümel da rein!«

»Sind doch nicht viele«, antwortet sie prompt. Dafür könnte ich ihr den Hals umdrehen, das kann sie in ihrer Wohnung machen, aber nicht bei mir. Wütend verschwinde ich in meinem Büro und karikiere mein Schwiegermonster mit einem Kaktus.

Das halte ich so nicht mehr aus. Die Zweifel, meine Ehe retten zu können, werden immer größer. In der

Zeitung stoße ich auf einen Artikel über eine Selbsthilfegruppe »Rettender Anker«. Nach kurzer Abstimmung mit »Frau Google« im PC bin ich fest entschlossen, mich dort anzumelden. Am Telefon höre ich eine gefällige männliche Stimme: »Die Gruppensitzungen finden einmal wöchentlich bei mir zu Hause statt. Es wäre aber schön, wenn wir uns vorher mal kurz allein beschnuppern könnten.«

Bereits am nächsten Tag klingele ich an der Haustür des Gruppenleiters.

Mir spukt die Wahrsagerprognose meines vielleicht neuen Lovers durch den Kopf und insgeheim erwarte ich, dass er meine Kragenweite sein könnte. Schließlich wäre ich nicht die Erste, die sich in ihren Psychologen oder Therapeuten verliebt. Die Stimme am Telefon klang schon mal sympathisch. Maximal Anfang vierzig wird er sein, dunkelhaarig, schlank und groß.

Im ersten Augenblick der Begegnung zerschlagen sich alle meine Vorstellungen. Oje, ist das ein alter Mann. Bestimmt um die sechzig Jahre, Glatze mit Haarkranz und er schneidet sich mit Sicherheit selbst die paar Fusseln auf dem Kopf.

»Möchten Sie sich ein Paar Hausschuhe aussuchen?« Ob das schon der erste Test ist, welche ich bevorzuge? »Ich nehme die großen Pantoffeln hier, die sehen am bequemsten aus«, antworte ich, die Schuhe wechselnd.

Der betagte Mann geht voraus. Nein, er wird nicht der neue Mann in meinem Leben sein. Den will ich nicht. Wir gehen durch einen dunklen langen Flur. Er geht voraus, dabei fällt mir auf, dass er hinkt. »Ich habe uns schon mal einen Kaffee gemacht«, verkündet er. »Das ist schön, junger Mann«, antworte ich. Je älter Männer sind, je öfter erwische ich mich dabei, dass ich »junger Mann« sage.

Es ist doch manchmal vorteilhaft, ein leidenschaftlicher Kaffeetrinker zu sein, denke ich, denn Gemeinsamkeiten können ungemein verbinden. Die einzige Gemeinsamkeit, die ich mit Ulf-Dieter noch habe, ist, dass wir ganz gerne atmen.

Die Kaffeesahne steht im Tetrapack auf dem Tisch und der Zucker ist in einem Einweckglas mit Schraubverschluss. Wegen der sowieso schon bekleckerten Wachstuchtischdecke benutzt er vermutlich keine Untertassen. Auf allen Sitzmöbeln liegen Schoner, wahrscheinlich aus dem Sonderpostenrepertoire, weil keiner dem anderen gleicht oder ähnelt. Unzählige Kissen liegen auf den Schränken – ob er da wohl immer Staub wischt oder die Kissen dafür sorgen? Wir sitzen am Tisch über Eck. Lieber würde ich ihm gegenübersitzen, um ihm besser in die Augen sehen zu können.

»Soll ich die Heizung anmachen?«, will er wissen.

»Nein, nicht extra für mich«, antworte ich, obwohl es mich fröstelt.

»Dann muss ich mir jetzt doch eine Jacke überziehen.«

Ach, ihm ist auch kalt, das hätte er doch gleich sagen können. Ich gebe ihm einen ganz heißen Tipp: »Dann stellen Sie doch Ihre Heizung hoch.« »Sie steht doch schon auf zwanzig Grad«, stellt er am Knöpfchen drehend fest. »Wir duzen uns hier übrigens alle. Ich bin Norbert.«

»Ich heiße Julia.«

»Wenn dir kalt ist, mach die Beine hoch, du kannst auch eine Decke haben.« Zwar ist mir nicht wohlig warm, aber der Gedanke an Milben und Flöhe hält mich von einer Decke ab. Das nächste Mal ziehe ich mich definitiv wärmer an.

Norbert erzählt, dass er als junger Mann einen Motorradunfall hatte und seitdem sein Bein hinterherzieht. Zu dieser Zeit zog ich vermutlich noch einen Wackeldackel hinter mir her. Bis zu diesem Unfall hat er während seiner Studienzeit nebenbei gekellnert. Ganz schnell sind meine Gedanken wieder bei der Kartenlegerin. Wenn Norbert beim Lachen nicht immer die Augen zukneifen würde, könnte ich mich vielleicht doch in ihn verlieben. Wir plaudern über meine Ehe, ich erzähle, wie Ulf und ich uns kennenlernten, wie ich mich heute behandelt fühle, und erkläre ihm meine Vorstellungen von einer tollen Beziehung. Dabei sehe ich bildlich Max und Laura Marie vor mir. Oft vergleiche ich mich mit ihnen. Zu gern würde ich solch eine harmonische Ehe führen wie die beiden. Nach zehn Ehejahren liebt Laura Marie ihren Max noch wie am ersten Tag. Ich kann das nicht nachvollziehen. Redet sie sich das nur ein oder gibt es so etwas wirklich? Sie himmelte ihn schon während der Schulzeit an. Er war zwei Klassen über ihr. Ihren Altersgenossinnen gegenüber war sie körperlich unterentwickelt und füllte deshalb ihren Push-up mit Watte. Trotzdem schenkte Max ihr keine Beachtung. Heute sind sie ein glückliches Paar und unternehmen alles gemeinsam, gehen jeden Sonntagnachmittag spazieren, Hand in Hand sogar. Das finde ich zwar ein bissel albern, aber ein paar gemeinsame Dinge mit Ulf-Dieter würde ich schon gern erleben. Beim Erzählen treffen sich unsere Blicke und Norbert fragt: »Schlaft ihr noch zusammen?«

»Ja sicher schlafen wir zusammen.«

»Ich meine nicht in einem Raum, sondern ob ihr noch Geschlechtsverkehr habt?«

Muss er das jetzt wirklich wissen? Habe ich ihm so tief in die Augen gesehen, dass ihn das interessieren könnte? »Ja«, lüge ich.

»Und wie oft?«

Hä? In meinem Kopf rattert es. Wie oft schliefen wir in letzter Zeit miteinander? Gar nicht. Als wir uns kennenlernten, jeden Tag. Nachdem Basti die Operationsleuchte des Kreißsaals erblickte, ließ es rapide nach, aber seit der Sache mit Margit habe ich kein Verlangen mehr nach der angeblich schönsten Sache der Welt, jedenfalls nicht mit Ulf-Dieter. Ich vermisse den Sex nicht. In Gedanken bin ich oft fremdgegangen, aber getan habe ich es bisher nicht. Margit wohnt im Haus schräg gegenüber. Wenn sie sich langweilt, stellt sie den großen Kunstblumenstrauß ins Fenster, damit Ulf weiß, dass er bei ihr willkommen ist. Das hat mir Ulf erzählt, als er bei mir auszog. Margit ist so einfallslos, dass sie es immer noch so handhabt. »Und wie oft schlaft ihr noch zusammen?«, werde ich aus meinen Gedanken gerissen.

Wie oft schläft ein Paar in unserem Alter zusammen? »Einmal in der Woche«, platzt es aus mir heraus und ich bin erleichtert, endlich geantwortet zu haben.

»Kommst du dabei zum Orgasmus?«

Jetzt reicht es aber hin. Die Fragen werden immer schlimmer. Ich aktiviere meine Wutfalte auf der Stirn und schüttle vor Entsetzen den Kopf. Das muss Norbert wohl falsch deuten, denn nun will er wissen: »Machst du es dir dann auch mal selbst?«

Hilfe, ich muss hier weg. Ein wildfremder Mann will mein Liebesleben ausspähen. Weiteren Fragen folgen weitere Antworten. Dann beginnt er von sich zu erzählen, wie der Motorradunfall ablief, vom Krankenhausaufenthalt, von der anschließenden Reha und vom Kellnern. So ein Idiot, der über Trinkgelder redet, auch noch Summen nennt und sich brüstet, beschissen zu haben. Damit ist er bei mir durchgefallen. Betrüger mag ich nicht, auch wenn es nur im »kleinen Rahmen« ist.

»Und weil wir gerade mal beim Geld sind, die erste Stunde kostet bei mir hundertzwanzig Euro.« Diese Summe ist zwar nicht ganz so hoch wie bei Dr. Weißborn, aber trotzdem sehe ich in Gedanken die Dollarzeichen in Dagobert Ducks Augen blinken. Wie lange habe ich hier gesessen? Mir fehlt jedes Zeitgefühl. Außerdem hat er so viele Dinge von sich selbst gelabert. »Ich nehme für heute sechzig Euro.« Das nenn ich mal entgegenkommend oder hat er dabei Hintergedanken? »Für jede weitere Stunde in der Gruppe nehme ich zwanzig bis dreißig Euro, obwohl das viel zu wenig ist. Wie viel kannst du davon bezahlen?« Diese Frage dürfte er so nicht formulieren. »Na, wenn ich die Wahl habe«, ich halte kurz inne, um seinen Blick abzuchecken, »zwanzig Euro. Du weißt ja, ich habe nicht so viel davon.«

Ich krame schnell das Geld aus meinem Portemonnaie, bevor er sich deshalb den heutigen Betrag noch einmal überlegt. Unter dem Vorwand meine Schuhe zu wechseln, drehe ich mich sofort von ihm weg, damit er mein erfreutes Grinsen darüber nicht sehen kann.

»Ach so und hier ist der Toilettenschlüssel«, meint er plötzlich. Damit kann ich nun gar nichts anfangen. Bin ich so zappelig, dass man annehmen könnte, ich muss dorthin?

»Und die Toilette ist dann dort draußen, ich zeige dir noch, wie die Flurtür aufgeht.« Wie die Flurtür aufgeht? Was? Die Flurtür war die ganze Zeit abgeschlossen? Hätte ich das gewusst, hätte ich mich sehr unbehaglich gefühlt. Wir verabschieden uns und ich bin erleichtert gehen zu können, trotzdem bin ich schon sehr neugierig auf das erste Gruppentreffen.

Ulf-Dieter ist unplanmäßig zu Hause. Er brät sich Eier in der Pfanne und will tatsächlich wissen, wo ich jetzt erst herkomme. Ich antworte nicht, sondern sehe nur rings um den Herd kleine Fettspritzer, die er gleichmäßig in der Küche verteilt, weil er darin rumtrampelt und überall Gewürze sucht, selbst da, wo noch nie welche standen.

»Ich habe vorhin erst gewischt und nun ...«, Ulf-Dieter fällt mir ins Wort: »Das sagst du immer, aber komischerweise habe ich dich noch nie wischen gesehen.«

»Spinnst du schon wieder?« Ich sollte nur noch sauber machen, wenn er zu Hause ist, aber dann trampelt er jedes Mal rücksichtslos über den noch feuchten Boden.

Ulf-Dieter brüllt plötzlich wie angestochen: »Wo treibst du dich rum, wenn ich nicht hier bin? Ich habe versucht, dich anzurufen. Warum war dein Handy ausgeschaltet?«

»Der Akku ist leer«, lüge ich aus der Not heraus.

»Das habe ich alles schon mal gehabt, da hätte ich auch Margit behalten können, das muss ich nicht haben!«

Bums. Das hat gesessen. Ich verspüre einen Stich in meiner Brust. Zu oft hatte ich bereits das Gefühl, dass er mich kontrolliert, mit Margit vergleicht und immer wieder abwägt, ob seine »Rückkehr« zu mir richtig war. Ulf-Dieter wagt heute noch Seitensprünge mit ihr. Er muss wohl denken, ich merke es nicht. Aber ich wirklich dumme Kuh zweifle jedes Mal aufs Neue bei seinen Schwüren, dass da mit Margit nichts mehr läuft. Die Wahrheit tut nur einmal weh, aber eine Lüge immer und immer wieder.

»Ich war extra für dich beim Fleischer und habe Rindfleisch gekauft, um dir morgen dein Lieblingsessen zu kochen«, versuche ich die Wogen wieder zu glätten. Ulf-Dieter isst leidenschaftlich gern Rindergulasch, er lässt alles andere dafür stehen. Natürlich war ich nicht beim Fleischer, aber seinen Gulasch bekommt er trotzdem. Bisher ist Ulf noch nicht aufgefallen, dass es in letzter Zeit sehr oft seine Leibspeise gibt und Runters Dosenfutter rapide abnimmt. Ich verweigere mich an solch einem Tag dem »Gulasch« und begründe das mit meinem fleischfreien Tag.

Das Telefon klingelt. Ulf kann es nicht sein, er ist zu Hause. Die angezeigte Telefonnummer sagt mir nichts. Am anderen Ende sagt eine nette Frauenstimme: »Guten Tag! Das ist ja schön, dass gleich die Frau des Hauses am Apparat ist. Wir machen eine telefonische Umfrage und würden gern Ihre Meinung wissen.«

»Meine Meinung?«, frage ich. »Warten Sie, ich gebe Ihnen meinen Mann.«

In der Flimmerkiste läuft noch Billard, das sich Ulf mit Hingabe ansieht. Das Fernsehprogramm bestimmt ausschließlich Ulf, mir ist nicht einmal der Umgang mit der Fernbedienung bekannt. Das Programm zwingt mich ins Bett, dort kann ich noch ungestört lesen.

Die Geräuschkulisse verrät, dass Ulf ins Schlafzimmer kommt. Ich drehe mich zur Seite, mit dem Gesicht von Ulf weg, damit er nicht erkennen kann, ob ich schon schlafe und ich ihm nicht »Gute Nacht« wünschen muss. Die Schlafzimmertür geht auf und die tapsigen Schritte Runters kommen immer näher an mein Bett. Er stupst mit seiner feuchten Nase an meine Wange. Das bringt mich zum Lachen, ich streiche ihn liebevoll über den Kopf und sage nun doch: »Gute Nacht«, sogar mit: »Mein Schöner«, hinterher. Ein barscher Ton trifft mich: »Hast du die Butter für morgen aus dem Kühlschrank genommen?«

»Das habe ich ganz und gar vergessen. Kannst du bitte noch mal in die Küche gehen?«

»Nein. Das ist deine Aufgabe!«

Wütend krabbele ich aus dem Bett, um meine Aufgabe zu erledigen und höre noch, wie Ulf sagt: »Strafe muss sein!« Das ist wie ein Messerwurf von hinten in meine Brust. Spinnt der jetzt ganz? Das Allerschlimmste daran ist, dass Ulf und ich gar keine Butter essen, nur Britta schmiert sie sich aufs Brot.

Runter folgt mir in die Küche, auch auf ihn bin ich momentan wütend und schnaufe ihn an: »Geh zu deinem bekloppten Herrchen.« Schwanzwedelnd und neugierig schaut er mit in den Kühlschrank. Erwartungsvoll fiept er. »Na gut, hier hast du noch ein Leckerchen.« Ich gebe ihm eine Scheibe von Brittas Lieblingswurst. Nun sehe ich in Gedanken ihr blödes Gesicht, wenn morgen zum Frühstück nichts von dieser Wurst da ist, deshalb gebe ich Runter auch noch die restlichen drei Scheiben.

Ulf hat sich indessen ausgezogen, nur die Socken hat er noch an. Er sitzt fast nackt auf seinem Bettrand, streift die Socken rituell von seinen Füßen und riecht erst einmal genüsslich an den stinkenden Dingern. »Willst du auch mal?«, fragt er Runter und der schnuppert tatsächlich schwanzwedelnd an diesen Stinksocken. Früher fragte Ulf mich, ob ich mal eine Nase voll nehmen wolle. Auch darüber konnten wir lachen, heute finde ich es absolut bescheuert. Nach dem Schnupperspiel wirft Ulf seine Socken auf seinen jetzigen Kleiderständer. Vor einiger Zeit war es ein Stuhl, der neben seinem Bett stand, jetzt ist es der Heimtrainer. Dort landen alle seine Sachen, die er komplett wochenlang wieder so anzieht, wenn ich sie nicht austausche.

Pünktlich zu meinem Geburtstag erhalte ich von Bastian einen großen Brief im DIN-A4 Format. Er hat mir ein Bild gemalt. Ach wie »toll«, ein Bild. Kann er in seinem Alter nicht schon mal andere Ideen haben? Beim näheren Betrachten des Kunstwerkes erkenne ich aber doch die Mühe und Arbeit, die darin steckt. Er kann bereits sehr gut malen, das hat er sicher von mir, wie alles Gute in ihm. Die vielen kleinen Details sind erstaunlich. Es ist ein Pärchen von hinten zu sehen, das eng umschlungen durch einen Park schlendert. Das erinnert mich an den Park, in dem Ulf und ich uns trafen, als ich ihm mitteilte, dass ich schwanger bin. Ich war oft mit Bastian dort, als er noch klein war zum Picknick oder einfach nur zum Füttern der Enten und Nutrias.

Von Ulf bekomme ich heute dasselbe wie jedes Jahr mit nichts dazu. Sonst bekam ich nichts mit einem Blumenstrauß, aber den gibt es dieses Jahr auch nicht mehr. Es sind die Kleinigkeiten, die sich Frauen einprägen und Männer als unwichtig einstufen und daher vergessen. Ich liebe große Sonnenblumen und mag absolut keine gelben Rosen, Ulf ist das völlig egal, für ihn ist das nicht nachvollziehbar. So schenkte er mir strahlend im letzten Jahr zehn quittegelbe Rosen. Ich boykottierte sie und stellte sie in eine Vase ohne Wasser, damit sie schneller ihre Farbe ändern.

Inzwischen hoffe ich auf die gesundheitsschädigende Wirkung von Ulfs gesunder Honigmilch. Morgens trinkt er neuerdings heiße Milch mit viel Honig. Mama hat ihm beim letzten Schnupfen diesen großartigen Tipp gegeben. Dass Honig jedoch toxisch wirkt, wenn man ihn zu sehr erhitzt, werde ich nicht verraten. Ganz im Gegenteil: Jeden Morgen, wenn ich die kochend heiße Milch auf den Honig gieße, frage ich mich, wie lange es wohl dauert, bis es endlich wirkt?

Nach dem gemeinsamen Frühstück rücken alle wie gehabt ab. An mir bleibt alles hängen, denn nur ich kann mir meine Zeit einteilen. Bevor Ulf das Haus verlässt, reißt er allerdings ständig alle Fenster zum Lüften auf. Er ist dann weg und ich sitze in der Kälte. Sowie die Wohnungstür ins Schloss fällt, sind alle Fenster schon wieder geschlossen. Ulf ist jetzt zur Arbeit und Britta ist mit in die Stadt gefahren, sie meinte: »Ich muss in die Poloklinik.« Das nutze ich, um ganz ungestört mit Gaby zu telefonieren und meinen Frust bei ihr abzulassen. Darauf gibt sie mir einen ganz heißen Tipp, der sehr erfolgreich bei ihr funktionierte: »Du weißt ja, wie unser Keller glänzt, der zwar ein Keller ist, aber nicht so aussieht. Die Wände sind schneeweiß geputzt, die Bodenfliesen blitzblank, es ist keine einzige Spinnwebe zu sehen. Im Regal liegen ordentlichst Werkzeuge und durchsichtige Plastikschachteln mit Schrauben und Nägel akribisch sortiert. Es fehlt nur noch, dass die Köpfe und Spitzen der Kleineisenteile alle in eine Richtung zeigen. Ich war so sauer auf Lambert, dass ich in den Keller ging und die Schachteln öffnete, um die Schrauben und Nägel gleichmäßig im Kellerraum zu verteilen. Dabei freute ich mich wie ein kleines Kind, das einen Streich spielt. Es war für mich ein unbeschreiblicher Genuss. Ich stellte mir Lamberts blödes Gesicht vor und konnte sehr darüber lachen. Anschließend sperrte ich Puckel, der mir den ganzen Tag hinterherrannte, in den Kellerraum. Ihm ist Lambert schließlich nie böse. Lambert hat einen vollen Sockenschuss.«

»Unsere Männer haben vermutlich alle einen Sockenschuss.«

»Meiner im wahrsten Sinne des Wortes. Lambert will, dass ich seine Socken bügele. Fehlt nur noch, dass er auch eine Bügelfalte da rein haben will.«

»Seine Socken?«, lache ich herzlich. »Das ist ja noch schlimmer als bei Ulf-Dieter.«

»Ja, seine Socken und auch seine Unterhosen. Wenn ich die Dinger plätte, denke ich, dass er sie so ›heiß‹ wie sie in diesem Moment sind, sogar anzieht. Dazu habe ich sein schmerzverzerrtes Gesicht vor Augen und ich muss schadenfroh lachen, das macht mir das Bügeln erträglicher und so kann ich die Bügelstunde mit Genugtuung antreten.«

Kurz, nachdem ich aufgelegt habe, klingelt bereits wieder das Telefon. Das Display verrät, es ist Ulf-Dieter. »Mit wem hast du so lange telefoniert?«, blafft er mich an.

Er ist tierisch eifersüchtig auf Gaby, deshalb sage ich nicht die Wahrheit und rechtfertige mich mit: »Ich hatte ein dienstliches Telefonat. Was ist los? Warum rufst du an?«

»Ich wollte dir nur sagen, dass ich Tomaten mitbringe«, und schon ist unser Gespräch beendet. Sofort lösche ich die eingehenden und ausgehenden Anrufe, damit er nicht kontrollieren kann, wann ich mit wem telefonierte.

Ich sitze noch im Büro, um einige termingebundene Aufträge abzuarbeiten. Ulf geht schon ins Bett. Nach kurzer Zeit kommt er noch mal zu mir ins Büro. Mit einem vorwurfsvollen Blick meint er: »Schau dir mal mein Nachthemd an!« Du siehst lächerlich darin aus, würde ich am liebsten sagen und frage: »Was ist denn damit?«

»Sieh es dir mal genau an!« Der Blick und der Ton sind hasserfüllt.

»Ich seh nichts Auffälliges.«

»Es ist knautschig. Knautschig! Nicht gebügelt!«

Oh nein, das Thema hatte ich heute erst mit Gaby und nun schon wieder? Am liebsten würde ich laut lachen, aber die Lage ist zu ernst. Als ich Ulf das erste Mal im Nachthemd sah, dachte ich, er will mir sein Faschingskostüm zeigen. Einfach lächerlich sieht er darin aus. Wenn Ulf jemals in ein Krankenhaus müsste, würde ich ihn nur heimlich besuchen. Seinen Nachthemden möchte ich nicht zugeordnet werden.

»Du lernst es doch nie! Ich habe dir auch schon so oft gesagt, dass du keine Bügelfalten in meine Ärmel bügeln sollst. Wann begreifst du das endlich?« Ich zucke zusammen, mein Magen krempelt sich um und bei dem Wort: »Entschuldigung«, spüre ich, wie sich mein Oberkörper leicht nach vorn beugt. Nun verbeuge ich mich auch noch vor ihm. »Du lässt dafür immer die Hemden zugeknöpft beim Ausziehen«, kontere ich. »Das ist ja wohl kein Akt, die Hemden vor dem Bügeln wieder aufzuknöpfen. Jetzt wirst du kleinlich. Mama hat sich nie darüber beschwert.«

Ich könnte ihn vor Wut umbringen. Gut, dass gerade kein Messer in der Nähe ist und nichts hier steht, was ich ihm jetzt auf den Kopf donnern könnte. Mein Blick geht suchend nach einem Gegenstand über meinen Schreibtisch und fällt auf den Briefbeschwerer. Zögernd greife ich nach diesem schweren Ding. Es ist mir egal, wenn Ulf-Dieter danach tot umfallen würde. Zum Glück ist Ulf schon wieder auf dem Rückmarsch ins Bett. Die Karikatur für morgen sieht sehr blutig aus.

In der Gruppe »Rettender Anker« glaube ich, meinen Augen nicht zu trauen. Eine ehemalige Lehrerin von Bastian und eine sehr attraktive Verkäuferin, die ich vom Sehen kenne, sind bereits im Raum. Ihnen hätte ich niemals psychische Probleme zugetraut. Was machen die beiden hier? Und ich? Am liebsten würde ich wieder gehen. Nach der Begrüßung und dem Verteilen der Sofakissen, die letztens noch auf dem Schrank lagen, lümmeln sich die beiden auf Sofa und Sessel, als seien sie hier zu Hause und allein. Nun verstehe ich, warum Hausschuhe verteilt werden, denn die neben mir sitzende Lehrerin hat ihre Füße samt Schuhen auf der Couch. Benehmen hat sie nicht – und das sind die Vorbilder unserer Kinder. Es kommen noch drei weitere Frauen und zwei Männer. Alle schweigen sich an. Minutiös beginnt Norbert: »Schön, dass ihr gekommen seid. Wir haben heute eine Neue dabei. Ihr kennt das ja schon, dann nennt bitte ganz kurz vorher euren Namen, damit Julia weiß, wer ihr seid. Julia stelle dich bitte mal kurz vor und erzähle, warum du hier bist.« Oh, das kommt nun doch etwas überraschend. Lieber hätte ich erst einmal von den anderen gehört, wie sie sich vorstellen und was sie für Probleme haben. Warum ich hier bin? Ich kann den Umgang mit Menschen, bei denen immer alles glatt läuft und die nie Probleme haben, nicht mehr ertragen. Warum läuft bei mir immer alles aus der Bahn?

»Ich bin Julia, siebenundvierzig Jahre alt, seit zwölf Jahren verheiratet, und habe einen dreizehnjährigen Sohn. In meiner Ehe ist nichts mehr wie früher. Alle

Scherze oder Diskussionen enden im Streit. Mein Mann und seine Mutter sind nur zufrieden, wenn ich nach einer Auseinandersetzung auch ihrer Meinung bin. Ich möchte einfach nur ganz normal behandelt werden. Ich will keine Sonderbehandlung, sondern spontan mal wieder umgarnt werden, so wie früher Komplimente hören oder einfach nur in den Arm genommen und von meinem Mann für voll genommen werden.« Das reicht erst mal, denke ich.

»War es das?«

Ich nicke. Die mir Gegenübersitzende spricht mich an: »Mit wem bist du verheiratet? Mit deinem Mann oder seiner Mutter? Ach ja, ich bin Susanne.« Was will sie denn jetzt? Mit seiner Mutter? Was soll die Frage? Ich stell mich selektivtaub und reagiere nicht darauf. Kann hier etwa jeder seinen Senf dazugeben?

»Gut, wenn du uns nicht mehr verraten willst, macht Kirsten erst mal weiter«, rettet Norbert mich aus der Situation.

Kirsten ist die neben mir sitzende Lehrerin. »Mein Name ist Kirsten, wie Norbert gerade verraten hat. Das Problem ist, dass uns die Dinge, über die wir eine Nacht schlafen sollten, den Schlaf rauben. Ich habe mich nächtelang nicht regenerieren können.« Oh, redet die Tusse aber geschwollen, denke ich. »Meine letzte Woche war wieder grauenhaft, weil ich Pausenaufsicht auf dem Schulhof hatte. Wir sollten viel früher, ›bevor es zu spät ist‹ sagen, wir leben zwar alle unter dem-selben Himmel, haben aber nicht alle denselben Hori-zont.« Dann schweigt sie. Norbert, der Gruppenleiter fragt ganz ruhig: »Willst du uns mehr darüber erzählen?«

»Erst einmal nicht«, sagt sie den Tränen nahe. Oh, Tusse heult gleich. Für mein Empfinden spricht sie in Rätseln. Warum redet sie so kompliziert? Soll sie doch den Mittelfinger heben, dann hat sie damit auch alles gesagt und wir verstehen sie sogar besser. Und was ist da in den Pausen los?

Sofort beginnt die nächste Frau mit dem Bericht ihrer letzten Woche. Es ist Dagmar. Dagmar meint, ein Alkoholproblem zu haben. Nach ihrer Schilderung müsste ich das auch haben. Wenn sie nach Hause kommt, freut sie sich auf ihren Wein, dann trinkt sie und schläft ein. Logisch, nach einem Arbeitstag als Gemüseverkäuferin auf einem Markt. Und wenn sie nicht schläft, hat sie das Gefühl weitertrinken zu müssen. Das kenne ich auch, sage ich jetzt aber nicht.

»Was stört dich daran?«, fragt Norbert. Das wüsste ich auch gern. Sofort wechselt sie das Thema und ist voller Selbstvorwürfe, weil sie immer wieder von ihren Männern verlassen wird.

»Nimm dir doch eine Frau«, meint einer der Männer und lacht über seine eigene Idee. Das findet jedoch keiner so lustig wie er. Schlagfertig antwortet Dagmar allerdings: »Darüber habe ich bereits nachgedacht, denn die Männer arbeiten sehr daran.«

Nun ist der erste Mann mit seinem Bericht der Woche dran. Es ist Bernd. Er macht einen unbeholfenen »Mister Bean Eindruck«. Bernd kann sich nicht von anderen Autos überholen lassen. Er hat einen schnellen schnittigen Wagen, mit dem er sehr zügig fährt. Aber sobald es doch dazu kommt, dass er auf der Autobahn oder wo auch immer, überholt wird, bekommt er Magenkrämpfe und den Zwang, dieses Auto wieder überholen zu müssen.

Na das ist ja ein seltsames Problem.

Der nächste Mann beginnt seinen Bericht mit: »Herbert mein Name. Meine Frau will unbedingt mit mir nach Australien.«

»Oh, wie schön«, murmeln die meisten im Chor.

»Ja, es wäre schön, wenn ich nicht immer wissen müsste, wo der nächste Arzt oder das nächste Krankenhaus ist. Das geht schon im Flieger los. Zwölf Stunden ohne Arzt, das ertrage ich nicht. Und im Outback, fernab jeglicher Zivilisation, halte ich es schon gar nicht aus. Ein Krankenhaus muss für mich innerhalb einer halben Stunde erreichbar sein. Gesetzt den Fall, mich beißt dort ein Insekt oder eine Schlange. Nein, das geht gar nicht!«

Vielleicht sollte ich auch einmal einen Urlaub mit Ulf in Australien planen? Eventuell wird er von einem giftigen Tier gebissen. Der Gedanke, dass es dann aber womöglich mich treffen könnte, lässt mich nicht weiterspinnen.

Ich spüre, wie mein Handy vibriert. So unauffällig wie möglich schau ich in meine Handtasche, um zu sehen, für wen ich gerade wichtig bin. Es ist Ulf-Dieter, darum drücke ich ihn weg. Gleich danach brummt es wieder in meiner Tasche. Ein nächster Versuch meines Mannes, deshalb stelle ich ganz offiziell mein Handy aus und entschuldige mich bei Norbert für den störenden Zwischenfall.

Bernd wendet sich an Herbert: »Wusstest du schon? Wenn du mal einen Eiswürfel verschluckst, musst du nicht gleich zum Arzt, nur weil du ihn noch nicht wieder ausgekackt hast.« Am liebsten würde ich jetzt laut loslachen, aber das verkneife ich mir lieber.

Nach einer Stunde haben sich alle Teilnehmer geäußert.

Bei der anschließenden Entspannung komme ich mir ziemlich blöd vor. Ich kann die Augen nicht schließen und habe Bedenken, dabei von anderen beobachtet zu werden und das möchte ich nicht. Trotzdem versuche ich, alles mitzumachen. Bei dem Satz: »Die Beine werden warm«, werden mir meine kalten Füße erst bewusst. Wir sollen in uns gehen? Wie geht das? Ich war noch nie in mir.

Gleich nach Beendigung der Sitzung rufe ich Ulf-Dieter zurück und frage: »Was gibt es denn?«

»Weiß ich doch nicht.«

»Warum hast du mich angerufen?«

»Hat sich schon erledigt«, antwortet er und schon hat er aufgelegt.

Zu Hause allerdings ist die bereits erledigte Telefonanfrage doch nicht mehr so unwichtig. »Warum bist du nicht ans Telefon gegangen?«

Ich erkläre ihm, dass ich in der Redaktion war und es völlig störend gewesen wäre, wenn ich telefoniert hätte. Trotzdem will ich wissen: »Was war denn los? Was war denn so wichtig?«

»Ist bereits erledigt«, gibt er wieder zur Antwort und lässt mich dumm stehen.

»Heute gibt es Mittag nichts zu essen«, informiere ich Ulf beim Frühstück. Britta ist so neugierig, dass sie sich fast an ihrem Kaffee verschluckt, weil sie ihn nicht schnell genug hinunterwürgen kann: »Warum denn nicht?«

»Ich habe noch ein paar dienstliche Dinge in der Stadt zu erledigen«, antworte ich ihr und wende mich dann weiter an Ulf: »Ich fahre mit dem Bus in die Stadt und hole dich von der Arbeit ab, dann können wir gemeinsam nach Hause fahren.«

»Hm, ist gut«, nickt Ulf ab.

Nachdem ich endlich wieder allein in der Wohnung bin und sofort alle Fenster geschlossen habe, versuche ich durchzuatmen und mich kurz zu entspannen. Nun veranstalte ich erst einmal meine eigene kleine Moden-schau. Zwar bekomme ich kaum die Tür meines Klei-derschrankes zu, aber etwas Vernünftiges zum Anziehen finde ich trotz alledem nicht. Natürlich ist inzwischen der erste Bus schon mal ohne mich in die Stadt gefahren. In zwanzig Minuten fährt der Nächste. Um ihn zu schaffen, muss ich in spätestens zehn Minu-ten losgehen. Vielleicht lasse ich den aber auch noch sausen und nehme erst den Übernächsten. Zeit habe ich heute genug und das finde ich mal richtig relaxt, nicht kontrolliert und getrieben zu werden. Ich höre den Schlüssel im Türschloss und bin überrascht. Ist es Britta, die hier rumschnüffeln will, weil sie weiß, dass keiner zu Hause ist? Des Öfteren ist sie in unserer Abwesenheit hier. Ich erkenne es an der korrekt auf-gewickelten Schnur am Staubsauger, an den zurechtgezupften Gardinen oder auch an den gerichteten und gedrehten Blumentöpfen. Außerdem hat mir das auch Sabine, unsere direkte Nachbarin, angedeutet.

Nein, es ist Ulf. Damit hätte ich noch weniger gerechnet, deshalb frage ich erstaunt: »Was machst du denn hier?«

»Du hast mir heute Morgen keine frische Unterhose hingelegt.«

Was ist das für eine Antwort? »Dann hättest du doch schon heute Morgen etwas sagen können oder dir mal eine aus dem Schrank genommen.«

»Da liegen nur Strippen von dir.«

»Hast du jetzt eine Unterhose an?«

»Mama hat für mich gekocht.«

Oh, ich dachte gerade, Mama hat die Unterhose gesucht. Aber wieso hat Mama heute für ihn gekocht? »Soweit ich weiß, isst deine Mama heute Senfei und das ist für dich doch absolut kein Essen.« Wenn ich koche, muss es immer Fleisch geben, da gibt es keine Alternative.

»Mamas Senfei schmeckt wenigstens. Du machst die Eier immer so hart.«

Jetzt koche ich doch fast, und zwar vor Wut. In Gedanken sehe ich, wie er an meinen harten Eiern erstickt. Das wäre auch eine gute Idee. »Ich muss los. Mein Bus fährt. Bis nachher.« Ich entscheide mich für das erstbeste Kleid, verabschiede mich und fühle mich aus meiner eigenen Wohnung getrieben.

In meinem heutigen Tagesplan liegt auch ein Abstecher zu Gaby, von dem sie noch gar nichts weiß. Freudig empfängt sie mich: »Schön, dass du da bist. Wir können es uns gemütlich machen, ich habe immer noch sturmfreie Bude.«

»Ich hab leider nur Zeit für einen Sturzkaffee.«

Gaby steht vor ihrem Flurspiegel und fährt sich durch die Haare. »Ich glaube, meine Diät schlägt an. Meine Haare werden schon dünner.«

»Oh Gaby, was du immer für Ideen hast«, lache ich laut.

»Komm mit in die Stube, der Kaffee ist schon fertig«, fordert Gaby mich, selbst noch lachend, auf und dann fängt sie an zu schwärmen: »Du kannst dir gar nicht vorstellen, wie herrlich es ist Strohwitwe zu sein, da kann man endlich mal alles in Ruhe angehen lassen. Ich brauche auf keinen und niemanden Rücksicht zu nehmen, habe meinen eigenen Zeitplan und muss nicht nach der Uhr essen. Das Einzige, was nervt, sind Lamberts ständige Anrufe. Da erzählte er doch am Telefon, dass die Ärzte von ihm wissen wollten, ob er nicht die Kur verlängern will. ›Was meinst du denn, soll ich?‹, fragte er mich. Ein Stein fiel mir vom Herzen, am liebsten hätte ich spontan ins Telefon gebrüllt: ›Selbstverständlich!‹, aber taktisch klug sagte ich: ›Wenn es dir gefällt und dir gut tut, warum nicht?‹ Dann wollte er wissen: ›Vermisst du mich denn gar nicht?‹ Das ging mir total auf den Nerv und am liebsten hätte ich gesagt: ›Verlängere ums Doppelte! Es geht auch ohne dich!‹ Das musste ich aber gar nicht. Er fragte nämlich nur

strategisch, denn er hatte schon der Verlängerung zugestimmt. Dann fing ich an zu jammern, dass mich das
traurig stimmt, wie sehr er mir doch fehlt und ich es
kaum erwarten kann, dass er wieder nach Hause
kommt. Dabei hoffe ich insgeheim, wenn er auf der
Leiter steht, dass die mal umkippt, oder wenn er in der
Wanne sitzt und sich darin rasiert, hoffe ich, dass er ...?«
Ich bin also nicht die einzige Frau, die solche mörderischen Mordsgedanken hat, kann aber Gabys Fantasie
nicht folgen und frage: »Ich dachte, Lambert rasiert
sich nass?«

»Ja schon, aber wie schnell kann so ein Rasier-
messer mal abrutschen, in die Halsschlagader oder so?
Möchtest du noch einen Kaffee?«

»Wenn es keine Umstände macht, wäre mir ein Glas
Sekt lieber.«

Gaby geht in die Küche an den Kühlschrank und
ruft: »Willst du ein Würstchen?« Ehe ich antworten
kann, kommt die nächste Frage: »Mit Sabber oder
ohne?« Da ich die Antwort schon kenne, denn dieses
Fragespiel kommt fast immer, wenn ich bei Gaby bin,
antworte ich: »Ohne Hundesabber!«

»Spahaß! Sind alle mit Sabber.« Danach lacht sie, als
wäre ihr dieser Witz gerade eben eingefallen. Ich muss
über ihre Lache lachen. Dann kommt sie mit dem Sekt
zurück in die Stube: »Stell dir vor, was mir passiert ist«,
dabei fängt sie richtig laut an zu lachen, »da habe ich
doch tatsächlich Puckel auf den Balkon gesperrt und
›versehentlich‹ dort vergessen und er musste draußen

übernachten. Das geht. Und jetzt schläft er jede Nacht draußen. Zumindest solange Lambert nicht da ist.«

Ein wenig tut mir der Hund leid. »Warum muss er auf dem Balkon schlafen?«

»In der ersten Nacht entschied er sich für Lamberts Bett. Der Lämmerschwanz wäre stolz, wenn er wüsste, dass sich Puckel für sein Bett entschieden hat. Aber das Vieh war viel zu früh wach und hat mich nicht schlafen lassen. Dieser Hund nervt mich dermaßen, das kann sich keiner vorstellen. Das Vierbein macht nur Dreck. Stell dir vor, wenn Lambert mit ihm Gassi geht, nimmt er immer eine Tüte für Puckels stinkend dampfendes Endprodukt mit. Da Lambert die Hundetüten zu teuer sind, besorgt er hin und wieder eine Rolle Plastiktüten vom Gemüsestand des Marktes. Die Plastikbeutelchen sind natürlich nicht so robust. Wenn die Tüte gefüllt ist, versucht er deshalb, das Ding so schnell wie möglich loszuwerden. Im hohen Bogen wirft er dann die Tüte ins Gebüsch. Diese bleiben ab und zu im Geäst hängen. Stell dir mal vor, die Kinder spielen danach dort Verstecken.« Nach einem ekligen Entsetzen schaue ich auf die Uhr. »O, schon wieder so spät. Ich muss leider los, Gaby. Ulf hat in zehn Minuten Feierabend, und wenn ich nicht pünktlich bin, fährt er allein.«

»Ruf ihn an und sag ihm, dass ich dich fahre.«

»Das gäbe großen Ärger. Lass mal, wir telefonieren wieder. Oder wollen wir vielleicht morgen mal wieder eine kleine Shoppingtour machen?«, fällt mir noch ein. »Gern, wann wollen wir los? Ach, das muss ich dir noch ganz schnell erzählen. Mein letzter Einkaufsbummel war ein voller Reinfall. Lambert hat eine ganz neue Masche drauf. Er trägt jetzt immer meine Handtasche.«

»Das sieht doch völlig bekloppt aus, ein Mann mit Damenhandtasche.«

»Er meint, das wären Vorsichtsmaßnahmen aus Kostengründen. Er habe damit alles unter Kontrolle, wenn ich das Portemonnaie benötige. Das war unser letzter gemeinsamer Einkaufsbummel, das kannst du wirklich glauben.«

Abgehetzt, aber pünktlich bin ich im »Ayurvedischen Hotel«. Das Restaurant ist leer. Ulfs Lächeln ist gekoppelt mit der Lichtschranke an der Eingangstür. Jedoch als er mich wahrnimmt, wird seine Miene sofort ernst. »Ich bin noch nicht fertig. Es dauert noch eine Stunde«, ruft er mir entgegen.

»Hättest du mich nicht mal anrufen und mir das sagen können?«

»Was hätte das geändert?«

»Sonst rufst du mich doch auch wegen jeder Kleinigkeit an.«

»Das ist nicht wichtig.«

Ich habe keine Lust auf eine Diskussion. Der nächste Bus fährt in fünfundvierzig Minuten. Nehme ich den? Oder gehe ich noch einmal zu Gaby und nehme ihr Angebot an?

»Hallo, altes Haus. Du hast dich ja lange nicht blicken lassen«, ruft der Küchenbulle durch die Küchenluke. »Hallo Marcus, wie geht's?«, frage ich erfreut über den netten Umgangston und gehe auf ihn zu.

»Komm mal rein Kleines. Lass dich drücken.« Er bindet seinen Vorstecker ab und umarmt mich. Ich fühle mich wie in einer Riesenschraubzwinge.

»Alles klar bei euch, Kleines? Der Schwarze erzählt gar nichts mehr von euch.«

Ulf ist der »schwarze Affe« und Marcus der »weiße Affe« oder »Küchenbulle«. Ulf sprach nie anders von Marcus, erst nach fünf Jahren wusste ich seinen richtigen Namen.

»Wie geht es deiner Mutter?«

»Weiß nicht?« Warum interessiert er sich für meine Mutter?

»Ich denke, sie hat sich das Bein gebrochen und ist bei euch zur Pflege?« Meinem dummen Gesicht zufolge scheint Marcus erschrocken zu sein und fragt: »Habe ich etwa was Falsches gesagt?«

»Nein, nein. Aber das mit meiner Mutter ist interessant. Was hat Ulf denn ausgeplaudert?«

»Na deshalb konnte Ulf doch nur allein zu meiner Geburtstagsfeier kommen und auch nicht so lange bleiben.«

Das ist ja äußerst interessant, finde ich. Nur allein für diese Information hat sich das Hierbleiben gelohnt. Um mir meine Unwissenheit und Neugier nicht anmerken zu lassen, gratuliere ich erst einmal: »Herzlichen Glückwunsch noch nachträglich zum Geburtstag, du weißt ja mit allem, was dazugehört, wie beispielsweise Gesundheit und immer ausreichend Gehalt. Wie alt bist du denn geworden?«

»Ach, das Alter spielt doch keine Rolle, es ändert sich sowieso jeden Tag.«

Plötzlich höre ich Ulf-Dieter durch das ganze Lokal brüllen: »Ich geh jetzt, wenn du mitwillst, komm!« Oh schade, denke ich und wende mich an Marcus: »Ich muss! Hörst ja, Pascha ruft.«

»Wollen wir nicht mal zusammen einen Kaffee trinken?«

Was ist das für eine plumpe Anmache?, frage ich mich.

»Das soll jetzt keine plumpe Anmache sein«, höre ich zu meinem Erstaunen, »einfach nur Kaffee trinken.«

»Nein, das habe ich jetzt auch nicht so aufgefasst.«

»Also, ja oder ja?«

»Wir telefonieren«, sage ich im Gehen und höre noch seine Frage: »In welchem Jahrhundert?«

Obwohl Ulf-Dieter in einer gastronomischen Einrichtung arbeitet, nimmt er sich jeden Tag sein Essen mit, denn das, was Marcus kocht, kann und will er nicht essen. Kassler gibt es schon lange nicht mehr. Diese oft fleischlose ayurvedische Pampe kann er weder riechen und schon gar nicht essen, meint er. Den Fraß isst er nicht, den er seinen Gästen mit einem höhnischen »Guten Appetit!«, hinstellt, was die Gäste hingegen als herzlichen Wunsch empfinden. Wenn Ulf keinen Teildienst hat und deshalb nicht zum Mittagessen nach Hause kommen kann, nimmt er ein Pausenbrot mit, das er sich von mir schmieren lässt. Und während ich seine Schnittchen schmiere, denke ich darüber nach, wie lange es wohl dauern wird, bis die Arsenpillen, die ich ihm inzwischen unter die Leberwurst mische, ihre Wirkung zeigen.

Als ich vor längerer Zeit in der Apotheke war, verlangte jemand vor mir Arsen. Dass das Mittel frei verkäuflich ist, wusste und ahnte ich bis zu diesem Zeitpunkt nicht. Ich wollte auch gleich eine Packung dieses Medikamentes. Die Apothekerin fragte mich, ob mir eine Hunderter-Packung ausreiche, eine größere müsse sie erst bestellen. Und wie die mir erst einmal reichte. Seitdem mische ich täglich eine gemörserte Pille auf Ulfs Bemme. Wie lange wird es nun aber dauern, bis die Arsenpillen wirken? Auch im Salzstreuer, den Ulf immer für sein Frühstückssei nimmt, habe ich das Pulver untergemischt. So bekommt Britta auch gleich ihre Ration mit ab. Ich werde die Portion auf Ulfs Schnittchen erhöhen, da ich bisher bei ihm noch gar keine Anzeichen bemerke. In Gedanken sehe ich seine Traueranzeige vor mir:

> Ein kleines
>
> ## Arschloch
>
> ging von dieser Welt

Oder sollte ich doch lieber schreiben »Ein großes«?

Das bringt mich auf eine Idee. Ich koche ihm ganz viele davon, und zwar die der Hühner. Hühnerärsche sozusagen. Stietze, die er absolut nicht mag. Er schüttelt sich regelrecht bei dem Gedanken, dass man die Rosetten des Geflügels genüsslich essen kann. Ich werde Marcus fragen, ob er für mich die Hühnerenden sammelt und dann koche ich ein Stietzragout für Ulf-Dieter. Eine innerliche Zufriedenheit steigt in mir auf. Es ist meine Art der Rache für seinen fiesen Umgang mit mir.

Ich rufe schneller als angenommen bei Marcus an und verabrede mich für übermorgen Nachmittag. Zwei Tage später sitze ich mit Marcus in einem niedlichen kleinen Café bei einem Glas Prosecco. »Das hätte ich ja nicht gedacht, dass du mich wirklich anrufst.«

»So ganz uneigennützig bin ich auch nicht hier«, beichte ich, erzähle ihm von meinem Stietzragoutvorhaben und tarne es als Überraschung für Ulf, damit Marcus nicht versehentlich davon erzählt. Ich kann mir nächste Woche eine Menge Hühnerbürzel abholen und freu mich über meine gute Idee. Wir wechseln das Gesprächsthema, reden über »Gott und die Welt« und ich habe den Eindruck, Marcus besitzt ein viel kompakteres Wissen als Ulf.

Ich spüre, wie mich Marcus' Art fasziniert. Optisch ist er nicht mein Typ, aber rein menschlich finde ich ihn sehr liebenswürdig und sympathisch. Und dann erzählt mir Marcus so ganz beiläufig, dass er schon jahrelang die Schnittchen mit Ulf Dieter tauscht. Ich verschlucke mich fast und Marcus versteht nicht, warum mich das so ergreift, schließlich sei doch nichts Mörderisches daran. Und ob, denke ich. Ein treffenderes Wort als »mörderisch« gäbe es für diesen Fall gar nicht, wenn ich nicht seit einiger Zeit die Arsenpille in die Leberwurst mischen würde. »Was ist los?«, will Marcus wissen. »Ach nichts. Ich bin nur etwas verwundert, dass du als Koch deine Schnitten von zu Hause mitbringst.«

»Mag sein. Aber wer mag schon jeden Tag das gleiche Dosenfutter?«

»Dosenfutter?« Jetzt muss er nur noch sagen, »vegetarisches Dosenfutter«.

»Du musst doch nicht glauben, dass wir jeden Tag frisch kochen. Für diese vielen Portionen Gemüse waschen, putzen, schnippeln, da bräuchten wir mehr Personal. Unser Chef, der nicht mal weiß, wie man ayurvedisch schreibt, denkt nur an seine eigene Tasche. Sogar der Reis, der in den Assietten zurück in die Küche kommt, wird den nächsten Gästen wieder vorgesetzt. So manches Mal wünsche ich mir eine unangemeldete Hygienekontrolle, aber die kommen viel zu selten. Und ehe sie ihre Kittel angezogen haben und in der Küche sind, gibt es bei uns nichts mehr zu bemängeln. Heutzutage sind die Leute bereit für Gesundheit eine Menge Geld auszugeben, das wird bei uns schamhaft ausgenutzt.«

»Früher habt ihr sogar Kassler vorgesetzt.«

»Das würde es heute auch noch geben, wenn ich mich nicht mal mit dem Thema befasst hätte. Der große Chef mag ein guter Malermeister sein, aber von Gastronomie hat er keinen Schimmer.«

Beim Blick auf die Uhr erschrecke ich mich, deshalb beende ich unser Treffen abrupt. Die Zeit verging wie im Fluge. Wenn Ulf jetzt nicht zu Hause wäre, wäre das kein Problem, aber wenn der Herr daheim ist, soll ich das auch sein. Er ist jeden Tag mit seinen Kollegen zusammen und quatscht dummes Zeug mit den Gästen, aber ich verkümmere geistig zu Hause.

Ulf empfängt mich wie so oft mit einer Miene, die mir schon alles verrät: »Ich dachte schon, du willst gar nicht mehr nach Hause kommen.« Wäre ich nur nicht nach Hause gekommen, denke ich und antworte mit einer Gegenfrage, so wie er es auch meist praktiziert:

»Ja und? Soll ich dir hier bei deinen Computerspielen zusehen?«

Nun war ich mal zwei Stunden außer Haus, da kommt er mir mit so einer blöden Bemerkung. Das ist ja gleich ein Thema für nächste Woche in der Gruppe. Ich verschwinde beleidigt im Büro, um noch eine Karikatur zu zeichnen und Ulf-Dieter zockt ungestört weiter, weil er jetzt zufrieden ist.

Jeden Mittwochabend ruft meine Mutter an, so wie auch jetzt. Manchmal nervt es, weil auch Britta dabei sitzt, manchmal kann ich es kaum erwarten, so wie heute. Ich habe das Bedürfnis meinen ganzen Gram mit Ulf loszuwerden, aber erst einmal wertet meine Mutter ihre letzte Woche aus und erzählt von einer Freundin, die Osteoporose habe und dass sie gar nicht glauben könne, dass von dieser Krankheit öfter Frauen als Männer betroffen sind. Ich bestätige: »Ja Mutti, das ist bei Frauen so.« Ulf-Dieter weiß nicht, worum es geht, aber er lacht gekünstelt laut, wie ein Idiot. Ich erschrecke, denn ich hatte nicht bemerkt, dass er hinter mir steht. In mir zieht sich alles zusammen. Ich gehe mit dem Telefon, wie getrieben, in die Küche und spüre, dass er mir folgt, deshalb flüchte ich ins Bad.

»Was ist denn los bei dir?«, will meine Mutter wissen.

»Ach, Ulf-Dieter macht mir Angst.«

»Könnt ihr euch nicht mal vertragen?«

»Ich würde ja gern, aber er ist so bekloppt.«

»Kind, beruhige dich.« Immer, wenn sie sagt, dass ich mich beruhigen soll, erzürnt mich das noch mehr.

»Du musst das nicht immer alles auf die Goldwaage legen, du weißt doch, wie er ist«, setzt sie fort.

Eben, und genau deshalb will ich das jetzt nicht hören. Alles, nur keine guten Ratschläge und schon gar keine Kritik an mich gerichtet oder Beistand für Ulf. Anschließend erzähle ich doch noch von meinem Kummer mit Ulf-Dieter, lasse meinen Dampf ab und erzähle und erzähle, es sprudelt aus mir nur so heraus, als wäre es das Normalste auf der Welt so über seinen Mann zu reden und meine Mutter meint: »Das kann ich mir gar nicht vorstellen, er ist doch immer so nett.«

»Ja, zu dir, zu seiner Mutter, zu seinen Kollegen und Gästen, aber nicht zu mir!«

»Das kann ich gar nicht glauben.« Mir reicht es, ich glaube meinen Ohren nicht zu trauen und ärgere mich, davon in aller Ehrlichkeit erzählt zu haben. Wie immer bagatellisiert sie, was ich erzähle. In meinem Hals bildet sich ein Kloß. Ein Kloß aus Enttäuschung und Wut. Das Gefühl, alle seien gegen mich und nicht einmal meine Mutter will mich verstehen, lässt mich verstummen.

»Kind? Kind bist du noch dran?«

Ich bin kein Kind mehr, wann begreifst du das endlich? Nun bin ich wegen meines bekloppten Ehemannes, auch noch auf meine Mutter wütend und würge ein kurzes »Ja« heraus. Ich lege den Hörer auf, ohne noch ein Wort zu sagen. Nur ein wenig Beistand erhoffte ich mir von ihr und nicht irgendwelche Bedenken. Ich bin stinksauer. Ausgerechnet meine Mutter, die selbst gern ihren Tyrann loswerden würde und immer wieder hofft, dass er in seinem volltrunkenen Zustand die Treppe runterstürzen wird. Mein Vater versucht jeden Tag aufs Neue, seine Sorgen im Alkohol zu ertränken. Allerdings hat er noch nicht bemerkt, dass Sorgen schwimmen können.

Wut und Enttäuschung steigern sich in mir, weil meine Mutter nicht einmal zurückruft, es hätte ja auch ein technisches Problem sein können, das dieses

Gespräch unterbrochen hat. Tränen stehen in meinen Augen. Ich bringe das Telefon zurück ins Büro. Ulf-Dieter stellt sich hinter meinen Stuhl und fragt mitfühlend: »Ärgerst du dich?«

»Nein, ich bin nur enttäuscht.«

»Das kenne ich.«

Ich bin erstaunt, dass er mir gegenüber Mitgefühl zeigt. Er spricht nie über Gefühle, Gedanken oder Erwartungen und deshalb weiß ich nie richtig, woran ich bin. Sehr verwundert über das Verständnis wird meine Sitzhaltung wieder ein wenig gerader. Meine Überlegungen, ihn loszuwerden, tun mir gerade leid. Wenn er so umgänglich und normal zu mir ist, wird mir immer wieder bewusst, dass er für mich etwas Anziehendes hat. Ich halte meinen Kopf schräg und hoffe nun auf weitere Streicheleinheiten.

»Ja, ich kenne das«, seufzt er, »wenn man keine ausgiebigen Antworten auf seine Fragen bekommt.«

Klatsch. Hätte ich ihm vorher schon in die Augen gesehen, hätte ich den Zorn in seinem Gesicht erkannt. Das ist Psychoterror, was er mit mir treibt. Ich habe den Eindruck, er will mich töten, und zwar mit Worten. Das wäre dann nicht einmal nachweisbar. Warum ist er so fies zu mir?

Nicht nur ein paar nette Worte würden mir guttun, ich vermisse auch die körperliche Nähe zu einem lieben Menschen. Als Bastian noch zu Hause war, kuschelte er mit mir, aber seitdem er im Internat ist, habe ich das Gefühl, einen Igel umarmen zu wollen, wenn er nach Hause kommt.

Brittas Staubsauger ist zu hören. Seit etwa einer halben Stunde hat sich das Geräusch des Brummens nicht verändert, so als wäre der Sauger nur angeschaltet, aber nicht in Bewegung. Vielleicht liegt Britta schon daneben. Soll ich nach ihr sehen oder es ignorieren? Na, ein bisschen warte ich noch. Wenn in einer halben Stunde das Ding noch nicht ausgeschaltet ist, schaue ich mal nach. Ob es ausreicht in einer halben Stunde? Wie schön wäre es ohne sie. Ulf-Dieter wäre mit Sicherheit auch nicht mehr so ein Stinkstiefel, dann würde er endlich wieder so liebevoll mit mir umgehen wie am Anfang unserer Beziehung. Kein Hausdrachen würde mehr zwischen uns stehen. Ich gebe der falschen Person die Arsenpillen. Britta muss sie bekommen. Ich kann mir mein Leben ohne dieses Schwiegermonster sehr gut vorstellen. Schließlich hätte Ulf-Dieter nicht ständig den unfairen Rückhalt. Bei dieser Eingebung verstummt das Geräusch und ich bin ein wenig erleichtert und traurig zugleich. Die Gedanken treiben mir schon wieder die Tränen in die Augen. Laufend ist mir zum Heulen. Niemand versteht mich. Alle nehmen immer nur Ulf-Dieter in Schutz. Ich schau in den Spiegel und hasse mich. Beim Betrachten meiner struppigen Augenbrauen, den tiefen Falten, die beim letzten intensiven Beäugen längst nicht so viele waren, stelle ich fest, dass ich wirklich mal zur Kosmetik gehen sollte. Ulf-Dieter macht das schon lange und im Gegensatz zu mir, färbt er sich sogar die Haare. Von seiner Mutter kann er die Eitelkeit nicht besitzen, denn seine Fußnägel sehen besser aus, als ihre Fingernägel.

Morgen beginnen die Ferien. Bastian kommt nach Hause und deshalb habe ich gut vorgearbeitet. Wenn weltpolitisch nicht allzu viel passiert, sind meine Karikaturen für die nächste Woche fertig. Auch das Einkaufen ist erledigt, heute mal ohne Britta. Nun muss ich mich beeilen, dass ich nach Hause komme, damit das Mittagessen pünktlich auf den Tisch kommt. Ulf-Dieter hat heute die letzte Spätschicht, bevor Bastian kommt. Auch er hat sich extra ein paar Tage Urlaub genommen.

Ich betrete die Wohnung und beim Blick auf die Hausschuhe wird mir klar, dass Ulf nicht zu Hause ist. Seine Latschen liegen kreuz und quer mitten im Flur. Auf dem Weg in die Küche trete ich dagegen, sodass ein Schlappen unter dem Schuhschrank landet. Der Küchentisch, auf dem ich die Nachrichten für ihn hinterlasse, ist leer, aber auch anderswo ist nichts zu finden. Er hinterlässt nie eine Info, wenn er aus der Wohnung verschwindet. Er verabschiedet sich auch nie, weder, wenn er zum Dienst muss, noch, wenn er nur zu Britta eine Etage tiefer geht. Aber wenn ich das Haus verlasse, will er von mir minutiös wissen, wo ich mich warum und wie lange befinde. Wenn er zu seiner Mama geht, wechselt er die Schuhe nicht, also ist er momentan außer Haus. Wo könnte er sein? Ich schaue aus dem Fenster. Bei Margit stehen keine Kunstblumen in der Fensterbank, also ist er dort vermutlich auch nicht. Das hoffe ich zumindest. Ich höre den Schlüssel und dem folgt die Feststellung: »Bist ja schon da.«

»Hast du in der Schule nicht schreiben gelernt?«, frage ich gereizt. »Warum?«

»Weil du ruhig mal einen Zettel hinlegen könntest.«

»Warum sollte ich? Du hast doch gemerkt, dass ich nicht da bin. Wo ist denn mein Schlappen?«

Wütend öffne ich mir bereits am Vormittag eine Flasche Wein. Nein, Schorle trinke ich jetzt nicht; ich habe das Gefühl den Wein pur zu brauchen, am liebsten gleich aus der Flasche. Dabei fällt mir sofort Dagmar aus der Selbsthilfegruppe mit ihrem angeblichen Alkoholproblem ein. Wie kann man so offen darüber reden? Das würde ich nie tun. Bin ich deshalb schon gefährdeter als sie? Nein, ich habe kein Problem damit und nehme mir nur wegen dieses Zweifels ein Glas aus dem Schrank. Biertrinker trinken doch auch aus der Flasche. Warum sollten dies Weintrinker nicht tun? Ich trinke nur noch Weißwein, weil Tollpatsch Ulf jedes Mal gegen den Tisch rammelt und die Stimmung dahin ist, wenn das Glas Rotwein umkippt.

Nach dem Essen ist Ulf zum Glück weg und ich bereite mich moralisch auf die für mich glückliche Zeit vor, da ich demnächst mein Bastilein von vorne bis hinten verwöhnen kann.

Ulf hat sich vorgenommen, für Bastian extra etwas ganz Außergewöhnliches zu kochen. Darauf bin ich besonders neugierig. Nach Ulfs Kochexperiment muss ich die Küchenschränke kontrollieren, denn wenn Ulf kocht, stellt er geöffnete Konservendosen wieder in den Vorratsschrank zurück oder es sind gleich zwei geöffnete halb volle Dosen Gemüse im Schrank. Ulfs gewöhnungsbedürftige Kochergebnisse frisst dann nicht einmal Runter.

Ich bekomme auf dem Handy eine Nachricht von Bastian.

»hollst mich«

Um das nicht falsch zu interpretieren, schreibe ich zurück: »Was ist los?«

»Bus weck«

Wie alt ist der Junge? Was lernt er eigentlich in der teuren Schule?, frage ich mich. Rechtschreibung? Satzzeichen? Bitte und danke sind fiktive Wörter für ihn.

Ehe wir in einer Stunde hin- und herschreiben, was wir in zwei Minuten bereden können, rufe ich ihn an und will wissen, was los ist.

»Mama, kannste mich abholen? Hab den verkackten Bus verpasst. Der Nächste fährt erst in zwei Stunden. Das ist todeslangweilig.«

»Papa ist mit dem Auto unterwegs. Ich rufe ihn an und sage ihm Bescheid, dass er dich mitbringen soll.«

»Mama, kannst du nich?«

»Aber das dauert doch.«

»Egal! Mama!?«

Diese Bettelei ist mir völlig fremd. So kenne ich Bastian nicht. Vermutlich ist etwas ganz Schreckliches passiert. Mein Kopfkino lässt sich gar nicht abschalten, deshalb frage ich völlig konsterniert: »Was ist passiert?«

»Nichts! Hab einfach nur kein Bock auf den Bock.«

»Bock? Meinst du Papa? Wie sprichst du über ihn?«

Vermutlich hat er keine Lust auf eine Erklärung, darum sage ich: »Ich kann es hören, wenn du am Handy mit den Augen rollst.«

»Ja, ja. Das ist ja zum Todeslachen.«

»Sei doch vernünftig Bastian. Papa ist doch jetzt viel schneller bei dir als ich.«

»Ich soll immer vernünftig sein. Ha, ha. Guck dich ma an.«

»Was ist denn los und wie sprichst du mit mir? Papa holt dich ab und gut! Bis gleich. Kussi.« Ich lege auf, um keine Widerworte zu bekommen. So kenne ich Bastian nicht. Einerseits bin ich stolz auf mich, dass ich mich eben durchgesetzt habe, andererseits tut er mir schon wieder leid, weil er jetzt gegen seinen Willen mit seinem Vater aushalten muss. Ich schreibe ihm deshalb noch schnell eine Nachricht bestehend aus drei Buchstaben: ILD mit zig Herzchen dazu. Ich liebe meinen Sohn über alles, auch wenn er schon manchmal Ulf-Dieters cholerische Züge hat. Er ist bereits ein kleiner Abklatsch seines Vaters, sogar die wundervollen Grübchen hat er mitbekommen. Steine kann Bastian allerdings noch nicht auf dem Wasser hüpfen lassen. Das hat er wohl von mir.

Alsbald trudeln meine beiden Männer ein. Freudig empfange ich Bastian. Er ist noch sauer. In der Hand hält er einen dicken selbst gepflückten Blumenstrauß, den er mir demonstrativ mit den Worten: »Für dich!«, vor die Nase stupst. Der Strauß potenziert mein schlechtes Gewissen, ihn nicht abgeholt zu haben. Nun kann ich es leider nicht mehr rückgängig machen. Groß und dünn ist er geworden. Berge von Wäsche hat er mitgebracht. Endlich taut er auf und ich will wissen: »Wie war die Schule?«

»Letztes Jahr waren noch Buntspechte draußen vor dem Fenster. Die fehlen mir dieses Jahr ein bisschen.« Ach, jetzt ist er wieder mein kleiner Süßer, so wie ich ihn kenne, darüber bin ich sehr erleichtert. Ich bereite das Abendbrot in der Küche und höre Ulf wie angestochen brüllen: »Bastiaaaan! Bastian, komm her!« Bastian stürmt gehorsam in die Stube. Ich schaue nur aus der Ferne, was los ist, und sehe, dass Ulf den Blumenstrauß vom Stubentisch in der Hand hält. »Halt mal die Blumen, ich muss eine andere Vase holen.« Seit ich hier wohne, habe ich noch keine einzige Blumenvase gekauft, da Ulf diese immer aus dem Hotel mitbringt. Was Besteck, Gläser, Tischdecken oder Ähnliches angeht, sind wir sehr gut bestückt. Ich finde das äußerst peinlich und hoffe, dass niemals ein Kollege Ulf-Dieters zu uns nach Hause kommt. Brav steht der Junge da und das Blumenwasser tropft von den Stängeln auf die frisch aufgelegte und natürlich gebügelte Tischdecke. »Mama, kannst du die mal weiter halten?«

»Großer leg die Dinger auf die Erde und gut.«

»Papa hat gesagt, ich soll die halten.«

Ich nehme Bastian die Blumen ab, lege sie selbst auf den Boden und verschwinde wieder in der Küche. In diesem Moment kommt auch schon Ulf mit einer anderen Vase zurück, eine, die ich kürzlich ausrangiert hatte, froh darüber, dass diese undicht war, weil sie so hässlich ist. Ich sage nichts dazu. Ulf hat gar nicht registriert, dass Basti die Blumen nicht mehr hält. Er stellt sie in die Vase und ebenso fest: »Nun muss nur noch Wasser rein.« Im nächsten Moment ist auch schon der Fluch zu vernehmen: »Verdammte Scheiße! Die ist ja undicht. Bastian schnell, ich brauch ein Scheuertuch!«

Natürlich steht Bastian sofort in der Küchentür und fragt Augen verleiernd nach einem Wischtuch. »Warte, ich mach es weg«, antworte ich. Ein Schlüssel geht im Türschloss. Britta. Na die hat mir gerade noch gefehlt. »Oh Mama! Du kommst wie gerufen! Du kannst mal die Blumen halten!«

»Gleich, mein Ulfi«, ruft sie zurück, dabei lässt sie drei babyhafte Geschenktüten im Flur fallen und geht zur Toilette. Wie immer, ihr erster Gang. Auch gut, so kann ich sie erst einmal ignorieren.

Nachdem Britta ihren Klogang beendet hat, über-reicht sie Bastian die kunterbunten Kindertüten. Sie sind alle mit Lutschern, Gummifiguren in Form von Nuckeln, Keksen und Schokoladenriegel gefüllt. Ich kann es mir nicht verkneifen sie zu fragen, ob sie nicht weiß, wie alt Bastian mittlerweile ist, und erinnere sie daran, dass er inzwischen seinen dreizehnten Geburts-tag hinter sich hat. Darauf antwortet sie prompt: »Ich weiß! Als ich in seinem Alter war, war ich auch drei-zehn.«

Das Blumenmalheur ist behoben und wir decken gemeinsam den Tisch für Bastians Begrüßungsfest-essen. Die Stimmung ist wieder normal und Ulf flachst übermütig mit Bastian. Dann fordert er ihn auf: »Denke an eine Zahl zwischen eins und neun. Addiere hundertzwölf, multipliziere mit zwei und füge neun hinzu. Nun mach die Augen zu.«

Basti schließt gehorsam die Augen. Ulf sagt amüsiert: »Dunkel. Oder?« Britta und Ulf lachen so bekloppt, dass mir Bastian leidtut. Am liebsten würde ich ihn in den Arm nehmen und trösten, aber er wehrt ab. Ich kann nichts für deinen bekloppten Vater, würde ich am liebsten sagen, aber so ganz stimmt das ja auch nicht. »Wir haben alle denselben Himmel, aber nicht alle denselben Horizont«, versuche ich ihn wenigstens verbal zu schützen. Diesen Satz sagte Kirsten in der Selbsthilfegruppe schon oft. Ich finde ihn so grandios, dass ich ihn mir deshalb merkte.

Basti und Ulf sitzen nebeneinander und greifen zeitgleich zur Vorsuppe. Ulf haut dem Jungen auf die Finger: »Ich war zuerst hier!« Bastian kommt an die heiße Schüssel und erschreckt sich. »Hast du dir wehgetan?«, frage ich. »Du kennst hier wohl die Rangordnung nicht?«, schnauft Ulf. Bastian springt beleidigt auf und Ulf ruft ihm nach: »Eine Woche Internetverbot!« Der Junge verschwindet in seinem Zimmer, reagiert aber noch mit: »Kackstiefel.«

»Zwei Wochen Internetverbot«, kommt prompt hinterher. Mal behandelt Ulf ihn wie einen erwachsenen Mann, mal wie ein Kind, aber nie wie sein Eigen Fleisch und Blut.

Ich bin froh, dass Ulf den erhobenen Mittelfinger Bastians nicht sehen kann, aber Britta fällt nichts Besseres ein, als zu sagen: »Frauen brauchen keine Mittel-finger oder cetera, wir können das mit den Augen.«

Wenn Blicke töten könnten, müsste sie jetzt leblos umfallen. Zum Glück ist ihr Ulvieh momentan so grenzdebil, dass er nichts von alledem bemerkt.

Oma Britta ist nun zu jeder Mahlzeit zugegen und dazwischen auch meist. Also den ganzen Tag. Am Abend spielen wir gemeinsam »Mensch ärgere dich nicht! Ärgere andere!« Ulf-Dieter fliegt immer wieder raus und Bastian lacht jedes Mal schadenfroh darüber und bemerkt: »Das ist so todesgeil.« Britta versucht Ulf-Dieter etwas zu trösten: »Pech im Spiel, Glück in der Liebe!« Knurrig reagiert Ulf-Dieter, dass er nicht sicher sei, dass man Glück in der Liebe hat, wenn man Pech im Spiel habe. Bastian bemerkt meinen Abgang der Kinnlade, und versucht klarzustellen: »Papa, du hast Todesglück in der Liebe!«

»Ich versteh das schon«, bestätigt Ulf-Dieter knur-rig.

»Was ist das nur für eine Kakofonie? Was hast du immer mit deinem Vorwort des Todes?«, frage ich Bastian.

»Oh«, stöhnt er, »das ist todeskrass, Alter.«

»Ich habe eher den Anschein, das ist die Sprache der neuen Sterbehilfe. Da gefiel mir die Vorsilbe der Grotten, wie grottenalt und grottenschlecht, sehr viel besser.«

Auf dem Tisch steht anstatt der Blumen nun eine Schale mit Weintrauben. Bei jeder Traube, die Ulf sich in den Mund steckt, äußert er: »Schmeckt nicht!« Ich kann nicht verstehen, dass er Bastian alle wegisst, weil der Junge eben gerade laut festgestellt hat, wie lecker süß sie sind.

»Soll ich noch ein paar Weintrauben abwaschen?«, will ich wissen.

»Schmecken nicht!«, wiederholt Ulf.

»Dann verstehe ich nicht, warum du Bastian alle wegisst? Er findet sie lecker.«

»Mama, fange nicht wieder an zu streiten.«

Ich will den Jungen in Schutz nehmen – und er meint, ich fange einen Streit an?

»Müsst ihr immer streiten? Mit dir möchte ich auch nicht verheiratet sein, Mama«, äußert Bastian vorwurfsvoll. Mein Herz sticht. Das hat gesessen. Genau der gleiche Tonfall wie bei seinem Vater und erschreckend ist seine Mimik, die, der Ulf-Dieters so ähnelt. Er ist das Arschloch in Miniatur. Das Mädchen, das sich in ihn verlieben wird, tut mir jetzt schon leid. Mir fallen die Worte der Kartenlegerin ein, dass ich mich mit meiner Schwiegertochter nicht vertragen werde. Also werde ich ihr nicht beistehen, und wie Britta zu meinem Sohn halten. Nein, darüber möchte ich mir jetzt noch keine Gedanken machen. Ich beuge mich zu Bastian rüber, um ihn in den Arm zu nehmen. Seine Abwehr schmerzt erneut. »Lass mich in Ruhe. Papa hat recht, du bist wirklich eine dusselige Kuh!«

Ulf grient blöd, dieser Hornochse. Das ist ein innerlicher Vorbeimarsch für ihn und seine gekünstelte, dreckige Lache ist so falsch wie seine Mutter. Das tut mir noch mehr weh als Bastians Vorwürfe. Ich muss diesen Kerl unbedingt loswerden. Wann wirkt endlich das Arsen, das ich ihm inzwischen ins Mittagessen mische und nicht mehr auf die Schnittchen für die Arbeit streue?

Bastian und ich fahren heute allein shoppen. Er benötigt zwingend neue Sachen, weil er so gewachsen ist. Ich werde ihm alle Wünsche von den Augen ablesen und erfüllen. Basti will unbedingt in die Zoohandlung. Dort sind wir zuerst. Zielstrebig geht er zu den Terrarien und bleibt vor den Skorpionen stehen. Interessiert schaut er in die leeren Glaskästen. Steine und Sand sind zwar darin, aber keine Tiere. Der Name »Hottentotta hottentotta« amüsiert mich.

Eine Verkäuferin kommt auf uns zu und fragt, ob sie helfen könne. »Nein danke«, antworte ich und dann wendet sie sich an Basti: »Du interessierst dich wohl für Skorpione?«

Bastian antwortet: »Naja, geht so. Ist der hier tödlich?« Hat Bastian wieder sein Todadjektiv in Anwendung?

»Ja, der ist sehr giftig, aber ob der Stich dieses Tieres tödlich ist, das kommt darauf an.«

Oh, das kommt darauf an? »Wann ist er denn tödlich?«, will ich wissen und denke dabei an Ulf.

»Ob diese Tiere nun wirklich eventuell tödlich sind, weiß ich nicht und ich will es auch nicht ausprobieren, aber ich denke, dass ein gesunder erwachsener Mensch einen Stich überleben könnte. Es wirkt sich auch bei jedem Menschen anders aus. Auf jeden Fall stirbt bei den Schwarzen Witwen das Futter nicht so schnell nach einem Biss, wie bei dem Hottentotta hottentotta. Das ist in etwa zehn Sekunden tot.«

»Gibt es auch noch giftigere Exemplare?«, interessiert es mich jetzt doch. »Ja, da gibt es noch den Tityus und Centruroides, aber die haben wir zur Zeit nicht da.« Schade, denke ich, wäre ein schönes Geburtstagsgeschenk für Britta.

»Und woran erkennt man, welche Skorpione giftig sind?«, will Bastian wissen. Danke für die Frage, denke ich, das wüsste ich auch gern.

»Es gibt da eine ungefähre Gesetzmäßigkeit, mit der man abschätzen kann, wie giftig der Stich eines Skorpions sein kann. Je kleiner seine Zangen sind, umso giftiger ist er. Das kommt daher, weil Tiere mit großen Zangen ihre Beute meist nur mithilfe der Zangen fangen und deshalb kein starkes Gift brauchen.«

»Mich würde ja eigentlich nur das Gegengift nach Stichen dieser Tiere interessieren. Haben Sie das auch da?« Die Verkäuferin schaut mich etwas verdutzt an und antwortet: »Nein.«

»Nein? Und was machen Sie, wenn Sie gestochen oder von einer Schlange gebissen werden?«

»Wir müssen eben aufpassen, dass das nicht passiert.«

»Und was, wenn doch?«

»Dann müssen wir zum Arzt.« Ach so. Zum Arzt. Schade, so ein Gegengift kann man ja mal im Haus haben und bei schlechter Stimmung einsetzen. Die Verkäuferin richtet sich wieder an Bastian: »Hast du Interesse an einem Skorpion?«

Er schaut mich fragend an, deshalb antworte ich für ihn: »Wir haben bereits ein Haustier.«

»Ach so? Was denn für eins?«, fragt sie wieder Bastian.

»Da ist er! Da hinter dem Stein!«, flüstert Bastian aufgeregt und klebt mit seiner Nase am Terrarium.

»Geh nicht so dicht da ran«, fordere ich ihn auf, »nicht, dass dieses Tier noch herausspringt und dich sticht.«

»Wenn du einen Skorpion möchtest, muss deine Mutti ihn dir kaufen, weil du noch nicht achtzehn bist.« Spinnt die jetzt, wir wollen keinen Skorpion, deshalb sage ich: »Wissen Sie, für heute habe ich schon vorgekocht. Vielleicht nehmen wir ihn nächste Woche auf den Speiseplan.«

»Ich verstehe«, reagiert sie herablassend, hängt »einen schönen Tag noch«, dran und verschwindet wieder.

»Mannomann, du bist unmöglich!«, ranzt mich Bastian an. Ich bin darüber so sauer, dass ich antworte: »Immer gern, du Rotzlöffel!« Und dann erschrecke ich mich auch schon selbst darüber. Habe ich das eben zu meinem allerliebsten Lieblingskind gesagt? Was ist mit mir los? Bin ich wirklich so anders geworden?

Nach einer Woche doch noch halbwegs friedlicher Gemeinsamkeiten bin ich erleichtert, dass Ulf wieder arbeiten muss. So habe ich Bastian ein paar Tage für mich allein. Ich werde das volle Rundumverwöhnprogramm abspielen. Sein Organismus besteht zu siebzig Prozent aus Müdigkeit, der Rest ist Hunger, deshalb lasse ich ihn so lange schlafen, wie er möchte. Je nachdem kann ich ihm dann Mittagessen oder Kuchen reichen.

Runter ist sehr unruhig. Ulf meint, der Hund hätte Durchfall, er konnte es gar nicht in die Tüte stecken. Ich soll auf Runter etwas achtgeben und bekomme die Erlaubnis ausnahmsweise mit ihm Gassi zu gehen.

Britta hatte in der Tat an die Whiskyflasche gedacht, die wir Jürgen und Martha zur Hochzeit schenken wollen. Ich glaubte, nicht richtig zu sehen. Das Ding brachte sie wahrlich mit all ihren Hausstaubpartikeln und einer richtig fetten Wachsschicht mit.

Hätte ich nur gesagt, dass die Flasche weg ist, denn Ulf will tatsächlich, dass ich das Wachs entferne und diese blöde Flasche sauber mache. Provokant ließ ich die Flasche tagelang in der Küche stehen. Damit Ulf nun doch seinen Willen bekommt und Jürgen und Martha das Hochzeitsgeschenk, werde ich die Flasche widerwillig vom Wachs befreien. Kurz überlege ich, die Flasche in heißes Wasser zu stellen, aber dann sehe ich die Schmiererei vor Augen; dabei kommt mir eine geniale Idee. Ich lege die Flasche auf einen Teller in den Backofen, und wenn das Wachs flüssig ist, gieße ich es direkt vom Teller in den Mülleimer.

Gedacht, getan. Ohne die elektrische Röhre vorzuheizen, lege ich die Flasche hinein, schalte den Backofen ein und setze mich davor, um die Sache zu beobachten. Nichts geschieht. Das dauert vermutlich ein Weilchen. Runter fiept laufend und schwänzelt um mich herum. »Was hast du denn mein Guter? Musst du noch mal runter Runter?« Ich bin mir sicher, er muss bestimmt noch mal, und während ich meine Schuhe anziehe, wedelt er wie verrückt mit dem Schwanz und bellt vor Freude. Wir sind kaum vor der Tür, bestätigt Runter, dass ich alles richtig gemacht habe. Er hat Durchfall. Wie kann ein Tier das aufhalten? Das herrliche Wetter animiert mich dazu, noch ein Stückchen spazieren zu gehen. Allzu oft kommt das schließlich nicht vor, dass ich Runter Gassi führe. Momentan führt er zwar mich, aber da er bei Ulf schon immer bei Fuß laufen muss, lass ich ihn auf der Wiese umhertollen. Die anderen Hundebesitzer grüßen freundlich und geben mir das Gefühl, als würden wir uns schon lange kennen. Indessen die Hunde sich auf der Wiese tummeln, bleibt es bei dem einen oder anderen Hundebesitzer nicht nur beim »Guten Tag«, sondern es wird noch über das schöne Wetter gewundert, über die vielen Zecken in diesem Jahr oder über neuartige Wurmkuren. Ich stelle fest, dass die Hundenamen nicht so abstrus sind, wie die auf einem Kinderspielplatz. Nach einer guten halben Stunde reicht mir das Geplänkel und ich muss Runter förmlich wieder nach Hause zerren. Beim Aufschließen der Wohnungstür kommt mir ein leicht verqualmtes Aroma entgegen. Ich versuche, den Geruch mit kurzer Schnupperatmung zu definieren und schaue vom Flur aus in die Küche. Da sehe ich schon das Malheur. Es räuchert aus dem Back-ofen. Schnell schalte ich ihn ab und rufe Bastian. Ich ärgere mich erstmals darüber, dass er so lange schläft. Er hätte das doch riechen müssen und mal aufstehen können. Ich öffne die Backofentür und mir kommt eine Flamme entgegen. Schnell schließe ich die Klappe wieder. Das Feuer wird kleiner und geht aus. Außer Rauch ist in der Röhre nichts weiter zu erkennen. Ich wiederhole die Prozedur, öffne die Ofentür, aus dem Qualm wird eine große Flamme, ich schließe die Tür, dann wird das Feuer kleiner und schwelt nur noch vor sich hin. Schnell laufe ich auf den Flur und drehe die Sicherung für den Herd aus der Fassung. Runter findet das Spiel vermutlich lustig, er stupst mich laufend an. »Ich kann jetzt nicht mit dir spielen!«, fauche ich ihn an und brülle nochmals: »Bastian!«

»Mama, ich hab grad einen Flow! Was riecht denn hier so komisch?«

»Oh nein, kümmere dich um den Floh, und wenn du ihn gefangen hast, hilf mir bitte.«

»Mama, einen Flow! Keinen Floh!«

»Hä? Kannst du mal ...? Ach lass, ich mach es selbst«, rufe ich. Ich schnappe Runter am Halsband und führe ihn ins Schlafzimmer, indessen schreit Bastian: »Mama, hier brennt´s ja!«

»Ich weiß, ich komme gleich!«, rufe ich hektisch zurück und öffne das Schlafzimmerfenster. Ein lauter Knall lässt mich wahnsinnig erschrecken. Im nächsten Moment fliegt die Schlafzimmertür erst senkrecht aus der Angel, dann waagerecht auf den Boden. Eine

Rauchwolke folgt und nimmt mir die Sicht. »Basti! Bastian!«, brülle ich panisch, aber er antwortet nicht. Ich kann durch den vielen Rauch nichts erkennen. »Bastian!«, schreie ich jetzt noch lauter. Leise höre ich: »Ich bin hier. Hier in der Küche.« Außer Rauch sehe ich nichts. »Wo denn?«

»Ich weiß nicht. Glaub unter dem Tisch.«

Er kommt mir auf allen Vieren entgegengekrabbelt. »Oh Basti. Tut dir was weh?«

»Weiß nicht, Mama.«

»Du musst doch merken, ob dir etwas weh tut.«

»Ich glaub nicht.«

Ich bin erst einmal erleichtert.

Nachdem die Rauchwolke sich etwas gelegt hat, erkenne ich nach und nach den ganzen Schaden. Die Küchentür ist wie von innen gesprengt und doppelt so breit. Alle einzelnen Wellpapplagen sind gut erkennbar. Sämtliche Türen der Wohnung sind kaputt. Die Küchengardine ist verschmort. Ein Viereck hat sich hineingebrannt, weil das Küchenfenster durch die Druckwelle wieder zugeflogen ist und die Gardine zwischen Fenster und Fensterrahmen klemmte.

Der Teller im Herd ist geradlinig durchgebrochen, das Wachs ist von der Flasche ab und die Flasche ist sogar noch unversehrt, aber total verrußt. Es ist mir unbegreiflich, wie das passieren konnte. Wo beginne ich jetzt mit der Schadensbegrenzung? Nachdem der Rauch weg ist, sehe ich immer noch kleine schwarze

Rußpartikel durch die Wohnung fliegen. Wo fange ich nun an?

Als Erstes fordere ich Bastian auf, sich anzuziehen. Plötzlich nerven mich seine Unselbstständigkeit und diese Unart, den ganzen Tag im Schlafanzug zu verbringen.

Die Glasscheibe der Stubentür ist in unzählige Stücke zerbrochen. Damit sich nicht noch jemand verletzt, räume ich erst einmal die Scherben weg. Es wundert mich, dass Britta noch nicht in der Tür steht, schließlich kann ihr dieser Knall nicht entgangen sein. Natürlich bin ich froh darüber, dass sie sich nicht zeigt, denn ihre guten Ratschläge könnte ich jetzt nicht ertragen. Immer noch rieseln langsam kleine dunkle Rußpartikel von oben herab.

Bastian ist inzwischen angezogen und staunt über das Innenleben der Küchentür: »Mama, das ist ja todesgeil. Das ist ja gar kein Holz, alles nur aus Pappe. Das muss ich unbedingt fotografieren.« Danach verspürt er Hunger. »Der Tisch ist noch gedeckt. Setz dich bitte allein hin. Ich muss jetzt erst einmal wieder eine Wohnung aus diesem Zustand machen.«

»I, hier ist ja alles todesschwarz«, ruft er.

»Dann nimm dir einen frischen Teller aus dem Schrank«, fordere ich ihn auf. Bastian steht vor dem Küchenschrank und ruft: »O Mama, willst du mich verarschen? Hier ist auch alles schwarz.«

»Wie sprichst du eigentlich mit mir?«

Ich folge ihm in die Küche und glaube meinen Augen nicht zu trauen. Überall ist Ruß. In jeder Tasse, auf jedem Teller, in den Töpfen, auf den Gewürzen und allem, was sich in und erst recht außerhalb der Schränke befindet.

»Ach Bast, dann nimm den Teller von ganz unten. Der bissel Ruß darauf ist nicht schlimm. Ruß ist keimfrei.«

Bastian gibt sich damit zufrieden und frühstückt, indessen ich die Grundfarbe der Küche suche. Alles verschmiert, beim Versuch den Ruß mit einem feuchten Tuch zu beseitigen. Fegen geht auch nicht. Dort, wo ich noch nicht mit dem Lappen war, werde ich es mit dem Staubsauger probieren. Ich schalte das Gerät ein, aber es bleibt stumm. Na das hat mir jetzt auch noch gefehlt. Die Nachbarsteckdose funktioniert auch nicht, deshalb lasse ich verzweifelt das Ding stehen und befasse mich vorerst mit dem Herd. Beim Abwischen der Schaltknöpfe verschwindet alles, was schwarz ist, sogar die Zahlen darauf. Nun sind die Knöpfe weiß wie nie. Um zu sehen, ob die Heizplatten noch funktionieren, drehe ich die Sicherung wieder rein. Augenblicklich fängt der Staubsauger an zu brummen. Na toll, da habe ich wohl versehentlich die falsche Sicherung rausgedreht.

Mit vollem Mund ruft mir Bastian aus der Stube zu: »Mama, ich will wieder nach Hause!«

»Wie nach Hause? Du bist doch zu Hause.«

»Mama, ich will nicht mehr ins Internat!« Warum erzählst du mir das ausgerechnet jetzt, wo Papa nicht dabei ist? Ich muss es dann wieder taktisch klug dem Herrn beibringen. »Komm her, wenn du was von mir willst, und brüll nicht durch die ganze Wohnung«, rufe ich genervt und doch erfreut. »Bist du dir da ganz sicher Bastian?«, frage ich sicherheitshalber nach.

»Ja, nach Hause, zu dir Mama.« Das ist Balsam für meine Ohren. Das rührt mich sehr. »Weg aus diesem Todesinternat«, fügt er noch hinzu.

»Todesinternat?«

»Oh Mama. Mama ich muss da weg. Egal. Hauptsache weg.«

»Warum Bastian? Was ist da los?«

»Mama, das verstehst du nicht. Kümmerst du dich drum?«, bettelt er mich an, mit dem Blick Runters, wenn er um ein Leckerli bettelt.

»Ja, mein Junge. Versprochen!«

Bastian fällt mir in die Arme und presst seinen Kopf zwischen meine Brüste. Ich genieße diese innige Umarmung, sie nimmt mir die Scheu vor dem Gespräch mit Ulf-Dieter.

Beim Abendbrot ist natürlich die Explosion das einzige Thema.

»Wie konnte das nur passieren?«, fragt Britta immer wieder, dass es schon nervt. Bastian entpuppt sich als Retter und meint: »Gut Mama, dass ich das gelöscht habe, sonst wären wir noch abgebrannt.«

»Was hast du?«, brüllt Ulf Bastian an. Er antwortet nicht. Nur zu gut kann ich das Kind verstehen. »Ich habe dich was gefragt?«, fordert Ulf-Dieter eine Antwort von Bastian heraus.

»Ich habe das Feuer gelöscht.«

»Wie denn? Hast du etwa Wasser drauf gegossen?« Kleinlaut mit gesenktem Kopf flüstert Bastian: »Ja.«

»Wenn Wasser auf brennendes Paraffin gegossen wird, kommt es zur Explosion, wie bei einer Fettexplosion. Bratfett darf man auch nicht mit Wasser löschen!«, schulmeistert Ulf-Dieter.

»Das weißt du auch nur, weil du in einer Kneipe arbeitest und euch das bei der Arbeitsschutzbelehrung eingeflößt wurde«, nehme ich Bastian in Schutz, »nun reg dich mal wieder ab.«

»Du weißt wohl gar nicht, wie gefährlich das ist und was da hätte alles passieren können?«

»Doch. Das haben wir ja heute live erlebt. Nur du spielst dich gerade auf, als gehöre dies zum Allgemeinwissen eines Dreizehnjährigen.«

Eigentlich wollte ich noch Bastians Wunsch erfüllen und besprechen, dass wir ihn wieder vom Internat nehmen, aber das hat sich bei der miesen Stimmung nicht mehr ergeben.

Der Termin für den nächsten Therapiegruppensitzkreis im »Rettenden Anker« ist erneut herangerückt. Die anderen Betroffenen kommen anscheinend gern zu diesem Treffen. Wieder schildert jeder auf seine Art die Ängste und Nöte der letzten Woche. Mir war bisher nicht bewusst, dass mir die Probleme anderer so nahe gehen.

Kirsten, Bastians ehemalige Lehrerin, äußert sich abermals nur ganz kurz: »Da ich vorhin Beruhigungstropfen genommen habe, kann ich vermutlich meine Tränen unterdrücken. Es nervt mich selbst und ich kann es mir nicht erklären, wo das herrührt, dass ich über freundliche Leute genauso heulen muss wie über feindselige.«

Ich bin heute als Vorletzte an der Reihe und fasse mich ebenfalls kurz: »Mir ging es die letzte Woche richtig gut, denn mein Sohn hat Ferien und ist zu Hause. Er kuschelt zwar nicht mehr so wie früher mit mir, aber er tut mir, trotz einiger neuer Eigenheiten, sehr gut. Mir wurde auch wieder bewusst, wie schön es früher mit meinem Mann war. Auch er ist wie ausgewechselt.« Von der Explosion und Bastians Wunsch nicht im Internat zu bleiben erzähle ich nichts.

Manfred war letzte Woche nicht dabei. Er ist der letzte Redner. Er hat Angst vor dem Tod und möchte sterben, damit er es endlich hinter sich hat. Oh ja, denke ich, das ist der Stoff, aus dem die Depressionen gemacht werden und mit dem die Heranwachsenden umherwerfen.

Bernd gibt Manfred einen heißen Tipp: »Versuch es doch einmal mit Tantra!«

»Tantra? Was soll das denn sein?«

»Ach, das ist doch so eine komische Sexmassage«, weiß Susanne.

»Quatsch nicht so ein dusseliges Zeug«, fordert Bernd, »das hat mit Sexmassage gar nichts zu tun! Tantra ist der spirituelle Weg zum höchsten Bewusstsein. Ich praktiziere jeden Tag Übungen dazu.« Er spreizt etwas seine Beine, legt seine Hände dazwischen mit den Handflächen nach oben, hebt dabei schnell jeden einzelnen Finger hoch und wieder runter und erläutert dabei: »Ich sitze jeden Morgen auf dem Bettrand und klopfe meine Hoden mit den Fingern. Fünfzehn Minuten lang.« Seine Fingerspiele verdeutlichen es sehr bildlich. »Danach nehme ich meinen Penis in die Hand und ziehe ihn nach vorne«, auch das gibt er mit seinen Händen anschaulich wieder. Natürlich hat er den Penis nicht in der Hand, aber bei seinem Gestikulieren kann man es sich sehr gut vorstellen, wie er ihn nur mit den Fingerspitzen in die Länge zieht, »bis auf einundzwanzig Zentimeter schaffe ich es inzwischen.« »Was ist das denn für ein perverses Zeug?«, unterbricht ihn die Lehrerin, »da muss ich mich über die Kinder nicht mehr wundern.« Bernd will sich nicht unterbrechen lassen und rechtfertigt sich: »Du hast mal wieder nur halb zugehört. Es geht hier um Tantra, das musst du mal deinem Mann erzählen, dass er das auch machen soll.«

»Bist du erotisch unterzuckert? Wenn ich das meinem Mann erzähle, brauche ich nicht mehr hier in die Gruppe zu kommen. Das würde er mir dann mit Recht verbieten.«

Mein Kopfkino ist oscarreif und das Bild, wie sich Bernd den Penis auf einundzwanzig Zentimeter lang zieht, will mir nicht mehr aus dem Kopf. Habe ich irgendwo ein Lineal? Nein, vergiss es, versuche ich mich zu disziplinieren.

Norbert beendet die Tantravorstellung, indem er zur Meditation auffordert. Er schaltet den CD-Player ein, dimmt das Licht und wir folgen den Anweisungen des Sprechers. Ich kann dem heute allerdings nicht folgen, denn die einundzwanzig Zentimeter gehen mir nicht aus dem Kopf. Ein A5-Heft ist einundzwanzig Zentimeter lang. Ich versuche, mir die Länge solch eines Heftes vorzustellen. Nein, entspannen geht jetzt nicht.

Am Abend kramt Bastian in seinem Faulenzer. Um auf den Grund zu kommen, fischt er erst einmal alles hinaus. Mir fällt das zwanzig Zentimeter lange Lineal ins Auge. Sofort sind meine Gedanken wieder bei Bernds allmorgendlichen Tantraübungen. Ganz schön lang, so ein Lineal.

Mitten in der Nacht werde ich wach, weil etwas im Flur kraspelt. Ich blicke zum Türrahmen, denn eine neue Tür haben wir noch nicht und erkenne Bastians

Umrisse. Er steht da mit seinem Plüschtier in der Hand, wie ein Riesenbaby.

»Was ist los?«, flüstere ich.

»Ich kann nicht schlafen. Kann ich zu dir kommen?«

»Okay, aber sei leise«, antworte ich, schon mal in die Besucherritze rutschend, um Bastian genug Platz zu machen. Nun liegen wir wie früher zufrieden zu viert in zwei Betten, Ulf, Runter, Bastian und ich. Der Morgen ist eine Erlösung, weil ich endlich aufstehen kann. Ich fühle mich wie gerädert.

Heute hat Ulf keinen Teildienst, er nimmt seine Schnittchen aus dem Kühlschrank und man könnte fast das Gefühl haben, er spricht mit dem Kühlschrank: »Ich gehe heute nach der Arbeit noch zum Tennis.«

»Ist gut«, antworte ich und schaue rüber zu Margits Fenster, das mit Kunstblumen geschmückt ist. Es ist also wieder so weit. Nicht einmal bei Bastians Anwesenheit kann er sich etwas zurückhalten. »Mit wem spielst du?«

»Gegen! Wenn, dann spiel ich gegen.« O, hat er sich Bedenkzeit erquatscht? Nach einer gefühlten Ewigkeit frage ich nochmals: »Und? Gegen wen spielst du?«

»Kennst du nicht«, und schon fällt die Wohnungstür ins Schloss. Spinnt der schon wieder? Das geht so nicht weiter. Irgendetwas muss passieren. Am besten wäre es, er wäre für immer weg.

Bastians Ferien sind leider schon zu Ende. Heute ist unser letzter gemeinsamer Tag. Ich bin traurig darüber.

»Du kannst morgen das Auto nehmen, wenn du Bastian zum Zug bringst. Ich fahr mit dem Bus«, informiert mich Ulf.

»Was hast du denn für eigenartige Anwandlungen? Wieso das denn, das hat es doch noch nie gegeben? Du kannst doch Bastian auch mitnehmen!«, reagiere ich verwundert. Das macht er doch nicht ohne Hintergrund. »Marcus hat Geburtstag und gibt einen aus. Ich schlafe dann auch gleich drüben.« Aha, Marcus hat aber oft Geburtstag. Wenn ich nicht irre, war die Feier erst ohne mich. Scheinheilig bemerke ich: »Das hast du ja noch nie gemacht.«

»Irgendwann ist immer das erste Mal.« Und irgendwann hast du auch das erste Mal ein Messer zwischen den Rippen, denke ich. Der einzige Vorteil, den diese Aktion bietet, ist, mal wieder mit dem Auto ohne Terminvorgabe und ohne Britta einkaufen zu können.

Ich sitze im Auto und starte, lass die Kupplung kommen und nach einem kurzen Ruck rührt sich das Fahrzeug nicht mehr von der Stelle. Ich mach das Radio leise, aber davon fährt die Schüssel auch nicht. Der Motor ist aus.

Es war mir doch völlig klar, dass Ulf mir nicht so ganz ohne Grund das Auto überlässt. Es zuckt rum und ich kann mich jetzt wieder um die Reparatur kümmern. Ich mach die Zündung wieder an, lege den Rückwärtsgang ein und nach einem kurzen Ruck steht die Hämorrhoidenschaukel still; nichts ist anders. Aussteigen und resignieren hilft nicht, denn Bastian muss zum Zug. Ich bin wütend und stinkig, weil ich wieder auf meinen Mann hereingefallen bin, da ich wissen müsste, dass er mir nur ungefragt die Abwrackkarre gibt, wenn sie eine Macke hat. Ich nehme beide Füße vom Pedal und dann merke ich, mein Fuß war gar nicht auf dem Gaspedal, sondern auf der Bremse. Das muss ich unbedingt für mich behalten, sonst darf ich nicht mal mehr mit meinem eigenen Auto fahren. Gut, dann hat Ulf mir den Schlitten mal ohne Hintergedanken gegeben. Sauer bin ich trotzdem noch auf ihn.

Der Abschied von Bastian ist für mich sehr schmerzlich. Es macht mich etwas eifersüchtig, dass er sich auf seine Kumpels freut. Er ist nicht mehr mein kleiner Bastian, sondern schon ein großes Kind. Bis jetzt habe ich noch nicht mit Ulf-Dieter übers Bastians Wunsch, wieder nach Hause zu kommen, gesprochen. Solange Ulf-Dieter nicht in meiner Nähe ist, habe ich keine Probleme mit der Vorstellung es ihm zu sagen, aber wehe dem, ich schau ihm in die Augen, dann kommt in mir die Angst hoch. Ich hätte nie den Internatbesuch billigen dürfen. Zugestimmt habe ich zwar nicht, ich wurde überstimmt von Ulf und Britta, aber dagegen habe ich auch nichts unternommen.

Heute Abend ist wieder Gruppentreffen, dort werde ich mich bestimmt darüber ausheulen. Vorher gehe ich noch schnell in die Apotheke, um Arsennachschub zu holen. Sehr gut auswendig gelernt, um selbstsicher zu wirken sage ich, was ich möchte. Daraufhin will die Apothekerin wissen: »D6 oder D12?«

»Eine Hunderterpackung«, antworte ich und sie fragt nochmals: »D6 oder D12?«

»Was ist der Unterschied?«

»Die Potenz.«

Wie es mit Ulfs Potenz steht, weiß ich nicht und mein fragender Blick sagt vermutlich, dass ich damit partout überfordert bin. Die Apothekerin geht ins Detail: »Das ›D‹ steht für die zehnfache Verdünnung bei jedem Schritt. Die Zahl dahinter gibt an, wie oft verdünnt wurde. D6 wurde sechsmal um das Zehnfache verdünnt, D12 zwölfmal. Je höher die Potenz, desto weniger Wirkstoff ist enthalten.«

»Ach so, dann möchte ich D6.«

»Und je größer die Verdünnung, desto wirkungsvoller ist das Medikament«, teilt sie mir noch mit. Ich bin darüber verwirrt. Da ich die einzige Kundin bin, hat sie wohl ihre Freude, mir das noch detaillierter zu erklären: »Sie müssen sich das so vorstellen: Bei D6 ist ein Tropfen des Wirkstoffes im Mittelmeer und bei D12 ist ein Tropfen des Wirkstoffes im Ozean.«

Na dann muss ich mich nicht wundern, dass weder eine Wirkung bei Ulf-Dieter noch bei Britta zu bemerken ist. Ich überlege mir die ganze Sache und antworte: »Wissen Sie, das Medikament ist nicht für mich und ich werde noch mal nachfragen, welche Potenz ich mitbringen soll.«

Auf der Heimfahrt folgt eine rote Ampel der nächsten. Ich muss dringend zur Toilette und habe jedes Mal das Empfinden, dass es an der roten Ampel dringender ist als bei Grün.

Im Treppenhaus treffe ich auf Sabine, unsere Nachbarin. Sie beginnt ein Gespräch mit mir und fragt, ob ich mit ihr einen Kaffee trinken möchte. Sehr überrascht und erfreut sage ich zu, gehe aber erst einmal in meinen eigenen vier Wänden zur Toilette.

Beim Klingeln an Sabines Wohnungstür ist mir doof zumute, weil es eine gefühlte Ewigkeit dauert, ehe sie öffnet. Mit leeren Händen stehe ich da und fühle mich wie ein Schnorrer nach einem Kaffee. »Komm rein, der Wachmacher ist gleich fertig. Ich denke, wir sollten uns endlich duzen. Ich bin Sabine.«

»Gern, ich heiße Julia.«

Ich bin das erste Mal in ihrer Wohnung und erstaunt über die neumoderne Einrichtung. Sehr viele Glas- und Spiegelelemente vergrößern optisch den Raum. Auf der weißen Auslegware steht eine weiße wuchtige Couch, auch der Tisch davor ist weiß. Es wirkt nicht steril, sondern elegant.

»Du hast es ja schön hier. So hell und chic.«

»Ich lebe ja auch allein in meiner Wohnung und lasse mir nicht alles umräumen.«

»Wie meinst du das?«, will ich wissen.

»Dass du deine Schwiegermutter bei dir putzen lässt, meine ich damit. Das würde mir nicht gefallen.«

»Ich lasse meine Schwiegermutter nicht bei mir putzen. Sie macht das gegen meinen Willen.«

Sabine lacht kopfschüttelnd: »Du weißt also nicht, was sie so über dich erzählt?«

»Nein, woher sollte ich das wissen?«

Sie verstellt ihre Stimme und es klingt wie Britta live: »Julia kriegt ja nichts auf die Reihe und cetera.« Ich bin erstaunt, auch über das »und cetera«, genauso wie es Britta wirklich immer sagt. »Und dann putzt sie ja auch noch drüben bei der Nachbarin«, sagt sie wieder mit ihrer eigenen Stimme.

»Das verstehe ich nicht. Putzt sie doch bei dir?«

»Nein, bei der Nachbarin auf der anderen Straßenseite. Margit Holbein.«

»Britta putzt bei Margit?«

»Ja, deine Schwiegermutter hat mächtig viel zu tun. Drei Wohnungen muss sie sauber halten. Stell sich das mal einer vor. Ihre eigene Wohnung, die von Margit und die ihres Sohnes.« Ich falle bald aus allen Wolken und bin froh, dass ich dem Kaffeeplausch Zeit geschenkt habe. Es macht mich sprachlos, was ich alles so an Neuigkeiten über mich erfahre und über Brittas Sichtweise: »Margit wäre ja die viel bessere und perfektere Schwiegertochter. Schade, dass Ulf dort wieder ausgezogen ist. Und Margit freut sich im Gegensatz zu dir, dass Britta sauber macht. Zu Margit darf sie immer kommen, da darf sie auch im Urlaub die Blumen gießen und seitdem geht sie auch ab und zu mal rein, selbst wenn Margit arbeiten muss. Und Margit stört das überhaupt nicht, wenn Britta noch da ist und schon Kaffee

gekocht hat. Dann trinken sie gemeinsam noch gemütlich eine Tasse und erzählen ein bisschen. Undenkbar
bei dir.« Mein Kaffee ist inzwischen kalt. Ein Kloß
bildet sich in meinem Hals. »Ich fasse das alles nicht«,
äußere ich entsetzt. Als ob Sabine ihre Freude daran
hat, berichtet sie weiter: »Du kriegst nichts auf die
Reihe, hast keine Ahnung von Kindererziehung. Wenn
der Junge mal da ist, schreist du nur rum. Und deshalb
ist das Kind jetzt auch glücklicher, weil es im Internat
ist.« Das weiß ich aber besser. Darüber habe ich mit
Bastian ausführliche Pläne geschmiedet und ihm versprochen, ihn zu Beginn des nächsten Schuljahres
wieder nach Hause zu holen. Das werde ich Sabine jetzt
aber nicht wissen lassen. Vielleicht ist sie ja Doppel-
agentin. Deshalb frage ich lieber: »Woher weißt du das
alles?«

»Das erzählt mir Britta bei jeder Begegnung. Ob ich
es hören will oder nicht. Und ich finde es an der Zeit,
es dir auch endlich mal mitzuteilen. Verkraftest du noch
mehr?«

Aus Neugier würde ich momentan alles verkraften,
deshalb antworte ich: »Immer raus damit!«

»Der Schlüssel von Margits Wohnung liegt bei
Britta, und jedes Mal, wenn Margit ihre Pflanzen ins
Fenster stellt, muss Ulf erst zur Mama, um sich den
Schlüssel zu holen. Und Mama weiß minutiös, wann
sich Ulf wie lange bei Margit aufhält.«

»Von den Blumen weißt du auch?«

Sabine lacht: »Das ist nicht dein Ernst? Das weiß
das ganze Dorf.« Das ganze Dorf? Das ist mir äußerst

peinlich. Nun kann ich mir auch die komischen Blicke und Reaktionen der Dorfbewohner erklären.

»Wusstest du eigentlich, dass Bastian damals beim Fußballtraining nicht wegen Unfähigkeit entlassen wurde?«

»Nein.«

»Er war fast ein kleines Genie, aber dein Mann stand bei jedem Training am Spielfeldrand und brüllte deinen Sohn an, ließ ihn nicht ungestört spielen, verunsicherte ihn damit und störte das ganze Training.«

»Warum hat der Trainer ihn dann nicht mal aufgefordert zu schweigen?«

»Oh, da gab es heftige Dispute und man sprach deinem Mann deshalb sogar Hausverbot aus, aber dem widersetzte er sich. Somit wurde Bastian wegen ›Unfähigkeit‹ entlassen.« Beim Gehen bedanke ich mich für die umfangreichen Informationen und verabschiede mich. »Wir sollten uns öfter treffen«, schlage ich vor und lade Sabine für übermorgen zu mir ein, um den Kontakt warmzuhalten.

Am Abend in der Selbsthilfegruppe »Rettender Anker«
verkündet der Gruppenleiter Norbert, dass sich Bernd
für heute entschuldigt hat. Er spielt der gesamten
Gruppe den ganzen ellenlangen Text vom Anrufbeantworter vor, den Bernd darauf gesprochen hat. Bernd
hat sich einfach nur etwas ausführlicher für seine
Abwesenheit entschuldigt. Ich finde das nicht so toll
und würde am liebsten dazwischen reden, da aber alle
anderen gespannt lauschen, verkneife ich es mir. Ich
fühle mich vorgewarnt, nie auf den Anrufbeantworter
zu sprechen. Das ist, als würde man jemandem ohne
Wissen des Schreibers einen Brief vorlesen.

Michael hatte drei Wochen Urlaub und ich begegne
ihm heute zum ersten Mal in der Gruppe. Er wollte
sich von seiner Frau trennen und zu seiner Liebschaft
ziehen, weil sie ein Kind von ihm erwartet. Das ist für
mich äußerst packend. Darüber möchte ich gern mehr
wissen. Schließlich hatte sich Ulf-Dieter damals für
mich und nicht für Margit entschieden. Mich interessiert brennend, warum? Ist es Bequemlichkeit oder
doch Liebe? Wie ticken die Männer? Michael ist für
mich mein Whistleblower und ich denke, er spürt es. Er
sitzt neben mir. Wie ein kleiner Junge hält er seine
Hände schützend nach oben und vor das Gesicht, als
wenn er sich vor Schlägen von mir schützen wolle. Auf
meine Fragen zuckt er immer wieder mit seinen Schultern und endlich antwortet er mal: »Ich habe doch erst

eine neue Schrankwand gekauft und eine neue Couch-garnitur. Das will meine Frau alles behalten.«

»Wie bitte? Ist das dein Ernst?«, raunt es durch den Raum.

Michael versucht, sich zu rechtfertigen: »Wisst ihr, was das Schlimmste an einer Trennung ist?«

»Sag schon!«, wird er aufgefordert.

»Die Blutspuren!«, antwortet er und senkt den Kopf nach unten. In Gedanken sehe ich Ulf mit einem Messer in der Brust. Nein, so könnte ich keine Trennung vollziehen. Blutspuren muss es nicht geben, man kann auch anders töten. Warum kann sich keiner ohne Streit und Zoff trennen?

»Mach du weiter, Dagmar«, flüstert Michael leise.

Dagmar »beichtet« und schwärmt zeitgleich davon, dass sie den guten Rat der Männer hier angenommen hat und jetzt mit einer Frau zusammenlebt. Ganz kurz überlege ich, ob ich es vielleicht auch einmal mit einer Frau versuchen sollte, aber diese Vorstellung verfliegt gleich wieder, da ich Dagmar weiter zuhöre. Endlich ist mal jemand glücklich hier in der Runde. »Willst du uns sagen, was so schlimm an deinem Mann war?«, fragt Norbert Dagmar.

»Ich habe immer gedacht, mit gutem Sex kann ich jeden Mann rumkriegen.« Nun wird es ja interessant, aber soweit muss es ja erst einmal kommen, denke ich.

»Bei meinem Mann nahm ich das auch an, und da ich mir früher nie Gedanken darüber gemacht habe, was im speziellen einen Mann sexuell beglücken könnte, kaufte ich mir irgendwann ein Buch darüber.

Beim nächsten Akt konzentrierte ich mich dermaßen auf meine neuen Sachkenntnisse, dass er wissen wollte, was ich da jetzt tun würde. Ich kam dadurch selbst nicht zum Höhepunkt. Als ich mich beim nächsten Mal, wie früher, wieder fallen ließ, meinte er: ›Auf dem Friedhof sind sie lebendiger.‹ Seitdem konnte ich erst recht nicht mehr mit ihm schlafen.«

»Ich verstehe euch Frauen auch nicht!?«, meintMichael und schaut dabei ausgerechnet mir in die Augen. »Ne? Wir werden aus euch Männern auch oft nicht klug.«

»Ich verstehe nicht, dass ihr am Anfang im Bett so richtig gut und aktiv seid und je länger man mit euch Frauen zusammen ist, desto mehr lässt es nach.« Er schaut mir immer noch in die Augen. Ich bin doch nicht die einzige Frau hier. Warum ich? Na gut, so antworte ich: »Das musst du auch nicht verstehen, das liegt ganz einfach daran, dass wir Frauen euch anfänglich imponieren wollen und das geht ja nun mal am besten im Bett. Und wenn wir dann meinen, euch zu besitzen, wollen wir endlich auch mal zu unserem Ziel kommen.« Er schaut mich an wie die Kuh, wenn es donnert. »Kommen«, sage ich deshalb noch einmal.

»Was ist denn an deiner Freundin besser als an deiner Frau?«, will Kirsten von Michael wissen.

»Sie färbt sich laufend die Haare, mal blond, mal braun, mal schwarz oder rot und immer die Schamhaare in derselben Farbe.« Haben Männer keine richtigen Probleme? Was soll das alles hier?

»Du bist ganz schön altmodisch, die heutige Frau hat eine Entbärung und ist rasiert«, setzt Kirsten einen drauf, »und falls du es noch nicht wusstest, Frauen täuschen Orgasmen vor und Männer Selbstbewusstsein.«

Ich muss lachen, am liebsten würde ich klatschen. Anschließend stellt Dagmar fest, dass das jetzt mit ihrer Frau alles ganz anders ist, und verfällt in Schwärmereien. Dann löst sie allgemeines Gelächter aus, weil sie mit ihrer neuen Partnerin gemeinsam stundenlang vor dem Bullauge ihrer Waschmaschine sitzt und zusieht, wie sich die Wäsche darin dreht.

Und schon bin ich an der Reihe: »Jetzt, wo Bastian wieder weg ist, sehne ich mich besonders nach den innigen Umarmungen, so wie früher; stattdessen hat der Alltag alle romantischen Momente vernichtet. Wie machen das die Anderen in ihrer Ehe?« Wieder sehe ich Max und Laura Marie als Vorbild, mit ihrem harmonischen Dasein. »Durch Ulfs häufige Teildienste sind die ganzen Tage zerrissen und verplant. Er kommt genervt zum Mittagessen nach Hause, auf das er sehr großen Wert legt, lässt seinen dienstlichen Frust ab und ruht anschließend ein Stündchen in seinen Arbeitsklamotten mit Runter auf der Couch, bevor er sich wieder auf den Weg zur Arbeit macht, dabei tauschen sie ihre Gerüche aus. Ulf nimmt die von Runter an und Runter riecht nach einem Gemisch aus Massageöl und Kneipe.«

»Andere sind auch nicht glücklicher als du, sie lügen nur besser«, will mich Dagmar trösten. Hat sie recht? Kein

Weiterer reagiert. Keiner aus der Runde äußert sich. Plötzlich zweifele ich und frage mich, warum ich hier sitze und ob das bei mir wirklich Probleme sind?

Herbert beginnt unaufgefordert mit seinem Thema. Er fühlt sich heute krank, ihm schmerzt die linke Schulter. Er ist ja gar nicht wehleidig, meint er. Es nervt, dass er so leise spricht; er hat doch keine Halsschmerzen! »Ich glaube, es geht zu Ende mit mir, wenn ich hier drücke, tut's weh, wenn ich da drücke, tut's da weh.«

»Dann drücke nicht!«, weiß Kirsten als Rat. Herbert weint gleich. Er weint fast jedes Mal. Bisher sah ich keinen Mann so tränenvoll. Ulf-Dieter hat es nur ein einziges Mal in meiner Gegenwart das Wasser in seine Augen getrieben, als seine Lieblingstasse aus Kinderzeiten in Scherben zersprang.

Morgen wollen wir zur Hochzeit von Jürgen und Martha. Da wir fast zwei Stunden Anfahrtszeit haben, müssen wir uns einen Wecker stellen. Die Trauung ist um zehn Uhr, deshalb müssen wir am frühen Morgen losfahren. Um etwas länger schlafen zu können, trinken wir zu Hause nur schnell nebenbei eine Tasse Kaffee und frühstücken während der Fahrt.

Das Handy ruft: »Hier ist dein fröhlicher Wecker.« Ich könnte es an die Wand donnern, aber wenigstens ist einer fröhlich. Bis zum nächsten Weckruf habe ich noch zehn Minuten. Welch ein Genuss. Neben mir im Bett bewegt sich auch nichts. Ulfs Wecker klingelt in zwanzig Minuten, dann ist es endgültig Zeit, um aufzustehen.

Beim Zähneputzen glaube ich, eine akustische Halluzination wahrzunehmen. Träume ich? Lieber Gott, so es dich gibt, bitte lass mich träumen! Ich träume leider nicht. Es ging soeben der Schlüssel in der Wohnungstür, inzwischen steht Britta neben mir und will aufs Klo. Das ist ein Traum, ein Albtraum! Lass mich aufwachen! »Kannst du mal rausgehen?«, höre ich. Im Nu bin ich doch hellwach. Was sagt Ulf immer? Man sollte nie eine Forderung als Frage äußern, deshalb sage ich sehr laut und deutlich: »Nein!«, und frage anschließend: »Was machst du hier eigentlich mitten in der Nacht?«

»Ich komme zum Frühstück, wie immer oft.«

»Heute gibt es kein Frühstück!«, entgegne ich, dabei kleckert mir die Zahnpasta auf den Badvorleger. Na toll, auch das noch und alles nur wegen des blöden

Weibes. »Mach dich raus hier! Und zwar nicht nur aus dem Bad, sondern aus meiner Wohnung«, fahre ich sie an. »Ach? Und eure Töle kann ich gleich mitnehmen, was? Das hast du dir vielleicht so gedacht! Ich werde das alles Ulf erzählen. Ich glaube, dein Besuch beim Psycho Logan bekommt dir nicht«, schrakelt sie und setzt sich dabei auf die Toilette. Ich falle gleich vom Glauben ab. Was ist das für eine Frau?

Zehn Minuten später hat Ulf plötzlich Hunger und will doch noch frühstücken, obwohl wir uns ausgemacht hatten, dass wir nur eine Tasse Kaffee trinken. Nun hat dieses Rattengewitter wieder gewonnen und wir werden uns wegen ihr verspäten. Auf Ulfs Entschuldigung bei dem Hochzeitspaar bin ich schon sehr neugierig.

Es herrscht wegen des Disputs mit Britta noch Funkstille zwischen uns. Ulf-Dieter verlässt die Autobahn eine Abfahrt zu früh, allerdings werde ich es ihn nicht wissen lassen. Tatsächlich hält er ein paar Kilometer weiter an, um in die Karte zu schauen. Den Spott kann ich mir nun doch nicht verkneifen: »Schade, dass wir kein Navi haben.« Das liegt nämlich diebstahlsicher im Wohnzimmerschrank. »Darauf habe ich schon gewartet«, reagiert er zornig. »Dann ist ja alles in Ordnung und ich habe richtig geantwortet«, setze ich einen drauf. »Du bist heute wieder wie ein Schnitzel. Von allen Seiten bekloppt. Das ist schließlich eine Abkürzung«, rechtfertigt sich Ulf. Jetzt lache ich gekünstelt laut und setze dem noch einen drauf, so wie er immer:

»Eine Frau ist so bekloppt wie die Abkürzungen der Männer.«

Plötzlich wird mir heiß und kalt zugleich, weil mir einfällt, dass das Hochzeitsgeschenk noch zu Hause steht. Britta hat alles durcheinandergebracht. Kleinlaut erwähne ich es. Ulf reagiert wie erwartet cholerisch: »Siehst du, das ist die Bestätigung, wie bekloppt du bist!«

»Nützt ja nichts, ob bekloppt oder nicht, wir haben kein Geschenk mit. Was machen wir jetzt?«

»Umdrehen, was sonst? Ruf an und sag Bescheid, dass DU Schuld an unserer Verspätung hast!«

Das Anrufen selbst stört mich nicht, aber dass Ulf-Dieter nun jeden Satz wortwörtlich mitbekommt, missfällt mir sehr. Ich schiebe Britta vors Loch und das ist schließlich keine Lüge. Nach einem kurzen hektischen Bedauern an der anderen Seite des Telefons legt Martha schnell wieder auf. Sie wird jetzt auch gerade andere Probleme haben. Ulfs Umweg und Brittas Wunsch nach einem Frühstück sind somit bagatellisiert.

Im Anschluss an die offizielle Zeremonie sind wir am Zielort und es hat keiner bemerkt, dass wir nicht mit in der Kirche waren. Gemeinsam gehen alle Gäste in den gemieteten, selbst zu bewirtschaftenden Raum. Jürgen äußerte zwar den Wunsch: »Ulf-Dieter kann uns doch bedienen, er weiß, wie es geht, das wäre ein schönes Hochzeitsgeschenk.« Aber als Ulf dann wissen wollte: »Wie soll ich die Servietten brechen?«, wäre sogar fast die Einladung geplatzt. Jürgen stellte sich das vermutlich sehr wörtlich und bildlich vor, wie die Servietten gebrochen werden, sodass er zu keinerlei Aufklärung bereit war. Er glaubte einfach nicht, dass es Servietten brechen heißt und nicht Servietten knicken.

Jetzt startet die große Feier. Jeder Gast bringt etwas zu essen oder zu trinken mit, das war auch ein Wunsch des Brautpaares. Unser Geschenk sind die entrußte selbst gefüllte Flasche Whisky und ein paar Bouletten.

Unter anderem gibt es Soljanka - die kaum jemand kennt und die ich nicht esse, weil es für mich eine Awawemu-Suppe ist. »Awawemu« betitelt Ulf für »Alles, was weg muss«. Außerdem gibt es Käsesuppe, Chili con Carne, Krabbencocktail, Schichtsalat, Nudelsalat, Kartoffelsalat, Baguette und Reis. Der Reis ist allerdings noch nicht gekocht, er ist dafür gedacht, das Brautpaar damit zu bewerfen. Als süße Überraschung ist die Hochzeitstorte vorgesehen.

Bisher ist mir noch kein einziges bekanntes Gesicht über den Weg gelaufen, deshalb hänge ich noch an Ulfs stummer Seite.

Martha hat sich für einen Doppelnamen entschieden und wird in nächster Zeit Martha Harry-Pfahl heißen.

Nach einer kurzen Begrüßungsrede des Brautvaters beginnt die Festlichkeit mit dem Essen. Wenn alle anderen Gäste auch solch großen Hunger haben wie ich, wird das Essen sicher nicht ausreichen. Im Nu sind Chili con Carne und Käsesuppe aufgegessen. An die »Awawemusuppe« traut sich keiner. Bevor Ulf-Dieter mit dem Essen beginnt, kontrolliert er mit scharfem

Blick, ob sein Besteck glänzt. Das macht er immer so. Er dreht das Messer, haucht es an und poliert es mit der Innenseite seiner Weste blank. Das ist so peinlich. Ich frage ihn leise: »Machst du das auf Arbeit auch so?«

»Nein, da lege ich es dreckig hin«, antwortet er bissig. Oh, heute spielt er einmal nicht sein Theater der Vorbildehe! Dann werde ich auch wieder auf Stille schalten. Das mit uns am Tisch sitzende Pärchen ist ebenso gesprächig wie wir. Sie schlürfen konzentriert ihre Suppe und schauen dabei nicht einmal auf.

Im Anschluss an das Essen darf geraucht werden. Da die beiden Gastgeber passionierte Raucher sind, ist es so, dass die Nichtraucher vor die Tür müssen, wenn sie frische Luft wollen. Bei den Nichtrauchern gibt es Solche und Solche. Die einen waren schon immer Nichtraucher und die anderen waren früher Raucher und sind dann wieder Nichtraucher geworden. Sie teilen sich wieder in Solche und Solche auf. Ich bin auch »Solche«. Ich gehöre zu den wenigen leidenschaftlichen Passivrauchern und die anderen Nichtraucher sind die schlimmsten Nichtraucher. Sie fühlen sich durch den Geruch belästigt, selbst wenn der Raucher in schon nicht mehr hörbarer Entfernung steht. Wir haben auch Zigaretten eingesteckt. Zu Feiern oder besonderen Anlässen lassen wir uns den Tabakgenuss nicht nehmen. Raucher sind anders als Nichtraucher, sie sind geselliger, haben lustigere Gesprächsthemen und bei ihnen gibt es nur eine Sorte »Solche«. Vorsorglich haben wir genügend Zigaretten mit, weil Martha und Jürgen zwar leidenschaftliche Raucher sind, selbst aber nie Zigaretten haben.

»Wie war denn die Zeremonie?«, frage ich Martha beim Nikotingenuss. »Ach, meine Mutter hat so jämmerlich geheult, dass es alle gehört haben.«

»Trotz der vierten Eheschließung war sie so gerührt?«, bin ich erstaunt.

»Ja, sie meint, dass Jürgen meinem Vater so sehr ähnelt – aber das ist mir egal.«

Musik dudelt aus dem Radio. Was ist das nur für eine Hochzeitsfeier? Sie soll so wenig wie möglich kosten, aber ein paar CDs hätte bestimmt noch der eine oder andere Gast gehabt. Es kommt nicht die erwartete Stimmung auf. Ich bin so froh, dass Jürgen Ulfs Freund ist und nicht meiner, denn es wäre ein Drama, wenn meine Freunde so feiern würden. Martha lacht laufend auffällig laut. Es ist kein echtes Lachen. Sie lacht über alles und jeden Müll, was die Stimmung auch nicht aufbessert. Wenn ich mit Gaby zusammen bin, ist das ganz anders, wenn sie mit Lachen beginnt, kommt es aus ihrem Bauch und steckt unwahrscheinlich an. Da macht es Spaß mitzulachen. Oh, im Radio ertönt ein Ohrwurm. Irgendjemand versucht, die Musik lauter zu stellen. Durch unsachgemäße Bedienung verstummt nun alles. Für einen kurzen Moment singen noch einige Gäste den Refrain und dann ist gänzlich Ruhe. Alle auf der Tanzfläche befindlichen Gäste nehmen so langsam wieder ihre Sitzplätze ein. »Lass uns noch was essen«, meint Ulf-Dieter. »Gute Idee«, finde ich, aber wegen der Zwangstanzpause haben alle den gleichen Einfall.

Es ist großer Andrang. Nicht einmal mehr ein Krümelchen Baguette ist zu haben. Das Radio ist wieder an. Ein anderer Sender dudelt jetzt. Die Musik ist jetzt auch etwas lauter als vorher. Es ist nicht schön, wenn man den anderen fast ins Ohr kriechen muss, um sich zu unterhalten, aber wenn man die Musik erahnen muss, ist es auch nicht schön.

Ulf bekommt einen Anruf. Seine Gesichtsfarbe ändert sich laufend. Er fragt nur immer ganz kurz: »Wo? Wann? Wie ist das passiert?«

Etwas Schauriges muss geschehen sein. Hoffentlich ist nichts mit Bastian, denke ich sofort.

»Lebt sie noch?«, höre ich ihn fragen. Zum Glück, es geht um eine »sie«. Welche »sie«? Margit? Britta? Hat etwa schon das Arsen bei Britta gewirkt? Aus Ulfs Durchatmen schließe ich, dass sie noch lebt. Er legt auf und sagt: »Wir müssen sofort nach Hause.«

»Wieso, was ist los?«, will ich wissen.

»Wir müssen gehen!«

»Das können wir nicht machen.«

»Warum nicht?«

Ja, warum eigentlich nicht? »Sag mir doch endlich, was los ist.«

»Das erzähl ich dir im Auto.« Na prima, dann kann ich nicht mehr mitentscheiden, ob es wirklich so notwendig ist, die Party vorzeitig zu verlassen. »Na gut, lass uns gehen! Wo sind denn Martha und Jürgen? Wir müssen uns wenigstens verabschieden.«

Nun erfahre ich doch vor der Abfahrt noch, was los ist, denn Ulf-Dieter berichtet den Gastgebern haarklein vom Geschehenen: »Mama hatte einen Unfall. Sie liegt im Krankenhaus, weil sie sich beide Handgelenke gebrochen hat. Sie konnte mich deshalb nicht einmal selbst anrufen.«

»Wie grausam«, antwortet mitfühlend Martha, »ja, dann müsst ihr zu ihr.«

»Es ändert doch aber nichts an ihrem jetzigen Zustand«, wende ich ein. Ein völliges Unverständnis dreier um mich stehender Personen prasselt so auf mich ein, dass ich sofort sage: »Lass uns fahren!«

Wehmütig verabschiedet sich Ulf vom Brautpaar und suhlt sich im Bad des Bedauerns.

Martha vergisst nicht, uns zu bitten, gleich das mitgebrachte Geschirr wieder mitzunehmen. Es ist total mit Essensresten verschmiert. Auch Servietten sind nicht mehr da, womit man das Geschirr abwischen könnte. »Hast du noch ein paar Zigaretten?«, will Jürgen von mir wissen. Ich krame in der Tasche, doch Ulf-Dieter antwortet bestimmend: »Nein! Die sind alle.«

Gehorsam höre ich auf, in meiner monströsen Handtasche nach der Schachtel zu suchen. Schließlich ist es sein Freund. Auf dem Weg zum Auto schimpft Ulf-Dieter: »Du wolltest dem Schnorrer nicht etwa Zigaretten geben?«

»Welch plötzlicher Wandel? Bis jetzt war er dein bester Freund.« Dann bekommt Ulf doch noch die Kurve und wendet ein: »Ich habe nur zum Wohle des noch ungeborenen Kindes so gehandelt.«

Im Auto sitzend, bei zweihundertzehn Kilometern pro Stunde, beschleunigt Ulf weiterhin und meint ganz

locker und ruhig: »Wir müssen Mama zu uns nehmen.«
»Wieso zu uns nehmen? Sie liegt doch im Kranken-haus.«

»Ja, weil sie nicht allein zurechtkommt. Sie hat schließlich beide Hände in Gips.«

»Du musst sie dann füttern, kämmen, waschen ...«

»Ich? Wieso ich? Selbstverständlich du!«, antwortet Ulf.

»Und wie stellst du dir das vor?«, schreie ich ihn an, um die Motorengeräusche zu übertönen.

»Ganz einfach. Ich wohne bei Mama unten und Mama kommt zu dir in unsere Wohnung.«

Würde ich durch die Fahrgeschwindigkeit nicht so in meinen Sitz gedrückt werden und angeschnallt sein, würde ich vermutlich jetzt umfallen.

»Vergiss es! Du spinnst doch. Ich habe weder Zeit noch die Nerven dafür. Mit deiner Mutter, für die es gar keine Beschreibung gibt, werde ich nicht in einer Wohnung wohnen und sie auch noch pflegen.«

»Sag nicht immer Mutter! Du hast eine Pflicht, das zu tun. Du bist meine Frau und somit für mich und Mama zuständig.«

»Und was ist mit Bastian? Warum vergisst du ihn? Er will nicht im Internat bleiben.«

»Jetzt geht es nur um Mama!«

»Ich pflege deine Mamatussi nicht!« Bei dem Gedanken, ihr den Hintern sauber machen zu müssen, vergeht es mir. Andersherum finde ich ihre Situation viel peinlicher, denn schließlich muss sie mir den Hintern zustrecken, sich füttern und waschen lassen. Trotzdem finde ich Ulfs selbstverständliche Vorstellung schon wieder dreist. Alles bestimmt er und ich werde nicht einmal gefragt, deshalb antworte ich trotzig: »Dann kümmere dich selbst. Ich nicht!«

»Mama oder du ...!« Das aufheulende Motorengeräusch lässt mich nichts mehr verstehen. Will er uns jetzt umbringen? Ich habe Druck auf den Ohren und alles ist dumpf. Das war es jetzt, denke ich. Armer Basti, bald bist du Waise. Hoffentlich will dich dann nicht deine Oma adoptieren. Ich schau in Ulfs Gesicht. Er grinst dämlich, weil er weiß, dass ich solche Raserei hasse.

»Dann werde ich mich von dir trennen«, sage ich, mich selbst etwas darüber erschreckend. Ulf drosselt die Geschwindigkeit und entgegnet: »Gut, dass du das sagst, ich habe nämlich schon überlegt, wie ich dich loswerden könnte.«

»Hä? Wie meinst du das?«

»Na loswerden! Mit Zyankali, Arsen oder ein paar giftigen Pilzen.« Er lacht höhnisch dabei. Ich bin verunsichert. Hat er irgendetwas bemerkt? Habe ich im Schlaf gesprochen? Oder hat er tatsächlich solch mörderischen Gedanken? Laufend wechseln meine Gefühle, nun ist es nur noch die Angst vor ihm.

Nicht ganz uneigennützig lade ich Sabine wieder zu mir ein. Vermutlich kennt sie genau Brittas Unfallhergang. Inzwischen trinken wir keinen Kaffee mehr, sondern Champagner. Der Bericht von Sabine ist sehr interessant: »Britta hat sich aus Margits Wohnung beobachtet gefühlt und musste nun in Margits Wohnung, um zu sehen, ob sie beim Stalken gesehen werden konnte. Sie fühlte sich ertappt. Deshalb kletterte sie auf die Kunstblumenfensterbank, um zu sehen, was man von der anderen Seite erkennen kann, stürzte herunter und brach sich beide Handgelenke.«

»Woher weißt du das so genau?«, will ich wissen. »Sie gibt doch nicht freiwillig zu, dass sie ein Stalker ist?«

»Britta hat es Margit gebeichtet. Margit hat es Monika erzählt und Monikas Mann ist mein Bruder.«

»Die Welt ist ein Dorf«, stelle ich fest und finde es beruhigend, eine so ehrliche Nachbarin zu haben. Das hätte ich schon viel früher wissen sollen.

Beim Packen von Ulf-Dieters Koffern fühle ich mich richtig gut. Es ist ein Hochgefühl, seine Buchsen, ungebügelten Nachthemden und Socken hineinzuwerfen. Britta wohnt bereits seit drei Tagen bei Margit; ihr Sammelsurium holt sie nach, sobald der Gips von ihren Händen entfernt ist. Ulf zieht heute zu Margit zurück.

Entspannt schaue ich durch das Fenster Ulf hinterher und amüsiere mich, wie er seine Koffer über die Straße schleppt. Margit nimmt gerade ihre Kunstblumen von der Fensterbank. Sie öffnet das Fenster, wirft ihrem Ulvieh einen Handkuss zu und winkt wie bekloppt. Im Hintergrund ist Brittas krächzende Stimme zu vernehmen. Margit springt aus der Sichtweite. Voller Zufriedenheit und triumphierend gehe ich ins Schlafzimmer zurück, um weiter zu packen. So befreit fühlte ich mich sehr lange nicht mehr.

Morgen bin ich mit Sabine verabredet, um meine Wohnung neu zu gestalten. Viele Spiegel und weiße Elemente sollen den Wohnraum aufhellen und optisch vergrößern. Auch Bastians Zimmer wird endlich nach seinen Wünschen jugendlich umgestaltet, damit er sich wohlfühlen kann, wenn er in zwei Wochen für immer zurück nach Hause kommt.

Es klingelt. Augenblicklich verdoppelt sich mein Herzschlag. Mit weichen Knien und einem vorherigen Blick in den Spiegel zupple ich meine Bluse zurecht und haste zur Tür. Hinter einem dicken gelben Sonnenblumenstrauß erkenne ich das grinsende Gesicht von ... Aber das ist eine andere Geschichte.

Weitere Bücher von Andrea Barheine

Pflegefall(e)
Amüsante Kurzgeschichten
ISBN 978-8391-6684-0

Was haben ein Schwiegermonster und ein Meerschwein gemeinsam? Die Antwort darauf gibt Angelika, die den ganzen Tag damit beschäftigt ist, den Kampf mit Staubmilben und anderen unwillkommenen Haustieren aufzunehmen. Doch dann kommt auch noch Else dazu und bringt alles durcheinander. Angelika schmiert ihr morgens die Haftcreme aufs Gebiss und Wundsalbe auf den Hintern und am Abend wundert sie sich darüber, dass das Gebiss so leicht herausfällt und der Schlüpfer noch am Hintern klebt. Außerdem beschreibt sie, das Für und Wider von Hund und Katze als Haustier oder auch wie man nebenbei ganz schnell mal heiratet und bereits in den Flitterwochen den Ehering wieder loswird.

Claus mit Zeh
Kurzgeschichten mit Sprachwitz
ISBN: 978-3-8423-3378-9

Während eines langweiligen Besuchs bei Claus und Jutta erwähnt Fred, zwecks Themenwechsel, dass er mit Angelika ins Reisebüro will. Das zieht fatale unvorhersehbare Folgen nach sich.
Für Claus mit Zeh, der seine Unterhosen liebevoll Rüsselsheim nennt, ist Urlaub die sexreichste Zeit des Jahres, nur seine Frau Jutta merkt nichts davon.

Chef mit fünf Buchstaben

Roman

ISBN: 978-3-8482-0282-9

Ganz »uneigennützig« schenkt Anita ihrem Mann zum Geburtstag eine gemeinsame Schiffsreise. Dafür benötigt sie nur noch eine Ortsabwesenheitserlaubnis vom Amt für Arbeit. Nichts leichter als das, denkt sich Anita. Doch alles kommt anders. So muss sie sich kurz vor der Reise tatsächlich noch für einen Arbeitsplatz bewerben, der den Urlaub ins Wasser fallen lassen könnte. Anita ist zwischen lang erhofftem Job und lang ersehnter Schiffsreise hin und her gerissen. Schneller als sie es sich vorstellen kann, soll sie wieder arbeiten.

Ihr neuer Arbeitgeber ist ein Mann ganz besonderer Art. Mit seiner Anwesenheit erzeugt er ein knisterndes Spannungsfeld und in kürzester Zeit entpuppt er sich als »Chef mit fünf Buchstaben«. Ob Anita zu ihrer Schiffsreise kommt, entscheidet sich erst in letzter Minute.

Wunschlos unglücklich
Zwischen Todesangst und Zuversicht
Autobiografischer Roman

ISBN: 978-3-7322-4229-0

Die Routineuntersuchung beim Arzt, wegen leichter, aber immer wiederkehrender Bauchschmerzen endet mit der Diagnose Krebs.

Täglich erkranken mehr als 1.000 Menschen in Deutschland neu an Krebs. Wenn das Umfeld dieser Erkrankten mitgerechnet wird, leiden Millionen darunter und viele überfordert dieser Umstand.

Dieses Buch gibt Einblick in das Seelenleben eines Krebserkrankten von der Diagnose bis zum Rückfall, der nicht anders empfunden wird, als der Erstbefund.

Hoffnung und Verzweiflung sorgen für die Achterbahnfahrt der Gefühle.